LE RENÉGAT

DANS LA MÊME SÉRIE

1. La révélation
2. L'intrus
3. Pouvoirs secrets
4. La protectrice
5. L'étrangère
6. Le passager clandestin
7. La Pierre de Minuit
8. Le rebelle
9. Le renégat

À PARAÎTRE

10. Nouveau départ (octobre 2002)

ROSWELL™

MELINDA METZ

LE RENÉGAT

Fleuve Noir

Titre original :
The Dark One

Traduit de l'américain par
Anne-Virginie Tarall

Série proposée par Patrice Duvic

ISBN : 2-265-07298-2

CHAPITRE PREMIER

— Tous dos au mur ! ordonna Kyle Valenti. Vite !

Michael Guerin obéit. Il prit Kevin DeLuca par les épaules et le tira vers le mur de la chambre à coucher.

Le jeune homme ignorait ce qu'était le disque argenté de Kyle, mais il avait vu les dégâts qu'il faisait… Une seule décharge de cet appareil, et il avait traversé la pièce en vol plané. Pire, il avait transformé une Pierre de Minuit – la première source de pouvoir de la planète d'origine de Michael – en vulgaire caillou.

Michael se plaça entre son frère, Trevor, et son meilleur ami, Max Evans. Mieux valait les séparer, même s'ils semblaient avoir recouvré la raison. Max et Trevor n'essayaient plus de s'entre-tuer… pour le moment.

Ils avaient un ennemi commun.

Michael aperçut que Kevin tremblait. Il serra les épaules de l'enfant, essayant de lui redonner courage.

— Ne t'inquiète pas, souffla-t-il. Nous nous occuperons de ce type.

Et ils l'auraient fait… en temps normal.

Sans recourir à ses pouvoirs, Michael aurait eu le dessus sur Kyle Valenti. Mais le fils du shérif avait une arme redoutable en sa possession… Jusqu'où irait-il ?

— J'ai dit *tous* contre le mur !

Kyle attrapa par le poignet Maria DeLuca, restée dans le couloir, et la poussa vers le mur. La jeune fille se plaça entre Michael et son frère, leur prenant la main.

— Désolée, Kevin…

Alex Manes, Liz Ortecho, Isabel Evans et Adam vinrent rejoindre leurs amis le long du mur de la chambre à coucher.

— Tu vas bien ? Kyle ne t'a pas fait de mal, Kevin ? demanda Maria.

Michael détestait voir son amie effrayée. Surtout en sa présence. C'était… inconcevable !

— Ça va, répondit l'enfant.

Michael serra la main de la jeune fille.

— Kevin va bien.

— Oui, renchérit bravement le petit garçon.

— Tu vois ? Il est capable de s'en sortir, ajouta Michael en souriant.

Malgré son courage, Kevin, qui n'avait que dix ans, était complètement affolé, et ça se voyait. Selon Michael, le gamin avait besoin de solidarité masculine pour affronter ce cauchemar.

— Il y avait la manière douce..., dit Kyle, passant ses prisonniers en revue et soutenant leur regard. Vous avez choisi la manière forte. Tant pis pour vous.

Michael comprit que Kyle aussi faisait appel à toute sa fierté pour conserver son calme. Impossible que le fils du shérif ne soit pas troublé après ce qu'il avait vu...

Max et Trevor s'étaient affrontés. Kyle avait assisté à une scène infiniment plus étrange que tout ce que proposait la télé.

— Et maintenant, vous allez me dire ce que vous savez au sujet de mon père, ordonna le jeune homme.

— Pourquoi ? Tu as enlevé un enfant et... ! commença Maria.

— Boucle-la ! cria Kyle.

Michael serra la main de Maria, qui lança un regard noir à Kyle.

— Je pose les questions. Vous répondez. Compris ?

Il imite son père, pensa Michael. *La situation lui échappe tellement qu'il prétend être le grand méchant shérif Valenti pour aller jusqu'au bout.*

— Sais-tu pour qui travaillait réellement ton père ? demanda Max.

Kyle fit volte-face, vint se camper devant lui et lui flanqua son poing dans l'estomac.

— C'est moi qui pose les questions !

Max se plia en deux.

Michael jeta un regard d'avertissement à Isabel. A contrecœur, la jeune fille hocha la tête. Elle résisterait à l'envie de se jeter sur Kyle, d'établir une connexion et de « serrer » une veine de son cerveau jusqu'à ce qu'il s'évanouisse.

Non que l'idée ne fût pas séduisante… Sans le disque argenté, Michael l'aurait mise en pratique lui-même.

Qu'était donc cet objet ?

Sans doute une arme inventée par les hommes du Projet Table Rase, donc conçue pour agir sur les formes de vie extraterrestre. Autrement dit, Michael ne pouvait pas risquer de s'attaquer à Kyle tant qu'il aurait le disque…

— Une autre question ? Ou vais-je enfin pouvoir…

Kevin hurla. Son cri résonna dans toute la chambre à coucher. Michael sentit ses cheveux se dresser sur la tête.

— Faites-le taire ! brailla Kyle.

Maria attira son frère à elle, mais Kevin continua de hurler, les yeux rivés sur le placard.

Non, pas le placard…

Michael en eut la gorge serrée.

Le regard de Kevin était rivé sur le réseau d'artères et de veines qui se matérialisait *devant* le placard.

— Nous avons de la visite…, annonça Michael, lugubre.

Un cœur palpitant… Des poumons… Puis d'autres organes apparurent – foie, pancréas, estomac, intestins.

— Ding, dong ! Voilà DuPris…, marmonna Alex.

— Qu'est-ce que c'est ? cria Kyle.

Les muscles et les os se formèrent. Le jeune homme recula et le disque argenté lui échappa.

Michael n'hésita pas.

Il plongea et rattrapa l'arme au vol. Fasciné par le corps qui se matérialisait sous ses yeux, Kyle ne s'en aperçut pas.

Il ne manquait plus que les yeux.

— Il nous faut un plan ! beugla Alex. Le meilleur serait de filer d'ici !

Trop tard.

Les yeux d'Elsevan DuPris venaient d'apparaître.

— Bonjour, les enfants ! Vous m'avez terriblement manqué, dit-il avec son accent du Sud exagéré. Et l'inverse est sûrement vrai…

Vivant à Roswell sous l'identité d'Elsevan DuPris, le propriétaire et rédacteur excentrique du *Projecteur Astral*, il avait toujours contrefait cet accent, trompant tout son monde.

Il n'était pas journaliste.

Et encore moins humain.

Ce traître avait assassiné les parents de Max, d'Isabel, de Michael et d'Adam, plus de cinquante ans plus tôt, provoquant le crash de leur vaisseau spatial dans le désert du Nouveau-Mexique, non loin de Roswell – une affaire qui avait fait le tour du monde…

DuPris sortit de sa poche la Pierre de Minuit qu'il avait volée. Au contraire de celle de Trevor, elle brillait d'un bel éclat vert-violet.

Michael brandit le disque d'argent qu'il venait de récupérer au vol. S'il l'actionnait, il neutraliserait la deuxième Pierre de Minuit.

Ils n'avaient quasiment aucune chance contre DuPris.

Alors… Autant jouer le tout pour le tout !

Mais si Michael se trompait, le disque ferait un carnage…

Il se demandait encore s'il devait courir ce risque quand Trevor avança vers DuPris.

— Reste en arrière ! ordonna Michael.

Son frère l'ignora.

— Vous êtes celui que je cherchais, dit-il, son regard passant de DuPris à la Pierre de Minuit, au creux de sa paume. Je suis venu vous apporter ça. (Il tendit au renégat l'autre Pierre de Minuit opaque.) Mais cet humain… (il désigna Kyle Valenti)… l'a détruite.

Michael en resta bouche bée.

Les yeux brillant de cupidité, DuPris s'empara de la seconde pierre.

— Elle n'est pas détruite. Son pouvoir se régénérera très vite.

— J'aimerais faire équipe avec vous, dit Trevor. Je suis prêt à me sacrifier pour anéantir la conscience collective !

Quelle folie ! Trevor venait d'offrir son *aide* à leur ennemi ? Michael lâcha Maria, s'écarta du mur et saisit son frère par sa chemise, le tirant en arrière.

— Tu ignores qui c'est ! Il a tué nos parents. Il…

— Il représente le dernier espoir de notre planète ! coupa Trevor. Sans lui, nous serons tous engloutis par la conscience collective. Un sort pire que la mort !

Michael chercha ses mots. Comment convaincre Trevor qu'il se trompait ?

— Il est l'heure ! s'exclama DuPris, sarcastique. Allons-y !

Prenant Trevor par un poignet, il amorça leur dématérialisation.

— Non ! cria Michael. Trevor, tu ne peux pas… !

Il tenta en vain de retenir son frère dont il ne voyait déjà plus que les yeux…

Des yeux presque aussi gris que les siens.

L'instant suivant, eux aussi eurent disparu.

— Non !

Michael eut l'impression d'exploser.

Son propre frère s'était joint à DuPris !

— Tu veux savoir ce qui est arrivé à ton père, Kyle ? demanda Isabel.

La jeune fille était passée en mode « princesse de glace ».

— Cette *créature* l'a tué.

— Mon père est mort ? demanda Kyle d'une voix atone.

Il fixait le point où DuPris et Trevor s'étaient volatilisés.

— Je suis désolée, ajouta Liz.

Emu malgré tout, Michael se rappela qu'il avait été anéanti de découvrir que ses parents n'avaient pas survécu au crash…

Max fit asseoir Kyle près de lui, sur le lit. Puis il jeta un regard las à ses amis.

— J'ignore ce que tu sais, alors je vais tout te raconter… Ton père faisait partie d'une organisation appelée Projet Table Rase. Sa mission était de traquer les extraterrestres. Pour mener des expériences sur eux et les exterminer. DuPris est un extraterrestre. Il a tué ton père. Il a fait d'une pierre deux coups en détruisant aussi le complexe secret du Projet Table Rase.

— J'étais…, commença Adam d'une petite voix.

— Adam était là quand DuPris a assassiné ton père, coupa Michael. Il a tout vu.

Inutile de préciser que DuPris avait pris le contrôle d'Adam pour lui faire exécuter la sale besogne.

Pour convaincre notre ami qu'il n'est pas responsable de ce drame, si je dois lui cogner la tête contre un mur jusqu'à ce qu'il entende raison, je n'hésiterai pas.

— Un chasseur d'extraterrestres…, répéta Kyle. Et vous voulez me faire gober ça ?

Inutile. Kyle y croyait déjà. Il en avait trop vu

pour prétendre nier l'évidence. Il bondit sur ses pieds.

— Alors, ça veut dire que tu es aussi un extraterrestre, Max ?

Michael haussa les épaules.

Max n'a plus le choix...

— Oui.

— Sortez ! explosa Kyle. Sortez tous de chez moi ! Je ne veux pas que...

— Quoi ? fit Alex. Tu as peur de notre vengeance ? Bon sang, sers-toi de ta tête ! Avec cette pierre, DuPris pourrait te transformer en tas de cendres comme...

— *Dehors !* cria Kyle.

Pour une fois, Michael ne fut pas mécontent d'obéir. Il prit Maria par la main et l'entraîna vers la sortie. Mais Kyle le rattrapa par un bras.

— Je veux le disque !

— Pas question ! répondit Michael.

— Donne, ou je dis à *tout le monde* ce que j'ai vu aujourd'hui.

Kyle n'hésiterait pas à mettre ses menaces à exécution. Michael n'en doutait pas. Un homme qui n'avait plus rien à perdre devenait d'autant plus dangereux.

A contrecœur, Michael lui tendit le disque argenté.

— Avec ça, je pourrais détruire la Pierre de Minuit ? demanda Kyle.

— Si j'étais toi, je n'essaierais pas, dit Michael.

Mais le fils du shérif ne se laisserait plus détourner de ce qu'il estimait être son devoir.

Question obsession, Michael en connaissait un rayon.

— Je vais me coucher, annonça Kevin à la seconde où Maria et Michael le ramenèrent à la maison.

La jeune fille n'avait jamais vu son petit frère aller au lit… de son plein gré.

Depuis qu'il était en âge de parler, il n'avait qu'une revendication à la bouche… Pourquoi Maria aurait-elle le droit de veiller et pas lui ? A ses yeux, qu'elle ait six ans de plus n'avait jamais compté.

Maria jeta un coup d'œil à Michael.

— Tu sais que tu ne dois parler à personne de ce qui s'est passé, Kevin ? demanda-t-elle.

L'enfant sourit.

— Sûr… Tu aurais de graves ennuis si maman apprenait que tu as laissé une brute m'enlever.

Puis son sourire s'effaça.

Le rapt n'était visiblement pas ce qui le troublait. D'une certaine façon, il l'avait vécu comme une aventure palpitante. Après tout, son kidnappeur était à peine plus âgé que sa sœur.

Mais le reste…

Maria avait d'abord été terrifiée en apprenant la vérité sur Max, Michael et Isabel… Elle ne savait plus que dire à son frère.

— Je vais tout t'expliquer, Kevin, déclara Michael. Des gens feraient du mal à Max s'ils apprenaient qu'il est… différent. Et si tu racontes à quelqu'un ce que tu as vu ce soir, ton confident aura envie de le dire à une autre personne, même s'il a promis de garder le secret…

Exemple : Liz, incapable de tenir sa promesse à Max, le jour où il lui avait avoué la vérité sur ses origines. Dès qu'elle était sortie de chez lui, elle s'était précipitée chez Maria pour tout lui révéler…

— Cette deuxième personne le répétera à une troisième… et ainsi de suite, jusqu'à ce que beaucoup de gens soient au courant de ton « petit secret », continua Michael. Comprends-tu ce que j'essaie de te dire, Kevin ? Si tu parles, un jour ou l'autre, ce secret arrivera aux oreilles de la mauvaise personne. Et celle-là n'hésitera pas à emprisonner Max ou à le tuer. Isabel, Adam et moi serons aussi en danger…

Maria fut surprise d'entendre Michael livrer

toutes ces informations à Kevin. Mais à la réflexion, ça tombait sous le sens.

Kevin connaissait bien Michael, qui était souvent à la maison… et il appréciait une présence masculine sous son toit. Maria s'en était aperçue. Vivre avec sa mère et sa sœur lui pesait parfois…

En lui révélant qu'il était comme Max, Michael soulignait leur côté « différent mais pas dangereux ».

— Pourquoi vous êtes là ? Je veux dire, pourquoi ne vivez-vous pas sur votre planète ?

— Nos parents étaient venus sur Terre pour fonder une colonie, expliqua Michael. Mais ils ont compris que les humains n'étaient pas… euh… prêts pour ce genre d'expérience. Quand ils ont voulu repartir, leur vaisseau s'est écrasé dans le désert. Heureusement pour Max, Isabel, Adam et moi, nous étions dans des capsules d'incubation qui nous ont protégés. Nous y avons grandi et nous en sommes sortis cinquante ans plus tard. Voilà pourquoi nous vivons ici. Nous n'avons aucun moyen de retourner chez nous.

Kevin hocha la tête puis se détourna.

— Je vais me coucher, annonça-t-il.

— Tu veux que je vienne te border ? proposa Maria.

L'enfant secoua la tête, l'air dégoûté, et s'éloigna.

— Et moi ? lança Michael. Tu viendrais me border, si je te le demandais ?

L'imaginant aussitôt nu sous les draps, Maria s'empressa de chasser cette vision interdite… Le jeune homme et elle étaient en mode « simples amis ». Pensait-il toujours à Cameron, la fille qui lui avait brisé le cœur ?

— Veux-tu une tasse de mon thé antistress ?

— Non, merci.

Michael s'assit sur le canapé et Maria s'installa avec joie près de lui. Sa présence était plus efficace que le meilleur thé antistress du monde.

Etre à côté de lui, sentir sa chaleur, lui donnait l'envie de… ronronner. Même ce soir, en dépit de tout ce qui était arrivé.

— Ça va ? demanda Maria.

Elle ignorait ce qu'il ressentait. D'abord, Trevor et Max, son frère et son meilleur ami, avaient voulu s'entre-tuer. Puis Trevor s'était allié à DuPris, leur ennemi juré…

— Tu veux savoir si je vais bien ? (Michael se passa les doigts dans les cheveux, les ébouriffant un peu plus.) Moi, garçon, toi, fille… Alors ne me demande pas ça. C'est à moi de te poser la question.

Il leva vers elle un regard impénétrable.

— Alors ? Tu vas bien ?

Voilà, il se ferme comme une huître... Il n'extériorise rien de ce qu'il ressent. Ignore-t-il que ça ne fonctionne jamais ?

— Ça peut aller, répondit Maria. Mais ce n'est pas mon frère qui…

— … est passé du Côté Obscur ? (Michael se leva d'un bond.) Il faut que je vérifie si Adam va bien.

— Appelle-le, et dis-lui de nous rejoindre, suggéra Maria.

Elle ne voulait pas que Michael parte. Il souffrait tellement qu'il risquait de craquer d'un instant à l'autre… qu'il l'admette ou non.

— Non. Inutile qu'il se déplace jusqu'ici. Il doit être dans tous ses états.

— Et tu as d'autres projets pour la soirée ? Parce qu'une bonne conversation sur tes problèmes ne te ferait pas de mal. La communication…

— Ne me ressers pas ton psycho blabla, d'accord ? Si tu veux m'aider, fais-moi sentir un de tes parfums. Au moins, ça prendra une seconde.

— Je sais combien avoir découvert que tu as un frère compte pour toi. Tu dois en parler…

— Tu veux que je parle ? explosa Michael. Parfait ! Le gamin tapi au fond de moi, ce crétin de Mikey, fait dans son froc à l'idée que son frère est un foutu psychopathe ! Contente ? Tu veux savoir autre chose ?

— Je veux simplement…

Maria secoua la tête. Inutile. Peut-être Michael lui ferait-il confiance, un jour.

Pas ce soir.

— Oublie ça.

— Très bien !

Il tourna les talons et se dirigea vers la porte. Maria le suivit.

Il ouvrit, se tourna soudain vers elle… et l'attira dans ses bras, la serrant à lui faire mal. Elle ne tenta rien pour se dégager.

Au contraire, elle lui rendit son étreinte… jusqu'à ce qu'il s'écarte et parte.

CHAPITRE II

Isabel se glissa dans son lit, éreintée. Tous ses os lui faisaient mal. Surtout les articulations.

— J'ai l'impression d'avoir quatre cents ans…

Elle chercha une position plus confortable. En vain.

Les couvertures l'étouffaient.

Elle les repoussa, tressaillant quand les ligaments de son genou craquèrent.

Encore heureux que je ne sois pas en plein entraînement de pom-pom girls…

Elle imaginait sans peine la scène si Stacey entendait ses os craquer comme ceux d'une vieille femme. Quelle honte…

Isabel se rallongea sur le dos.

Elle sentait chacune de ses vertèbres, comme s'il n'y avait plus de peau pour les isoler du matelas. Son oreiller lui irritait la nuque. Elle eut l'impression de sentir les fibres textiles s'enfoncer dans sa tête…

Comme si des milliers d'aiguilles lui perçaient le crâne.

Qu'est-ce qui m'arrive ?

Elle s'assit… et lâcha un petit cri de douleur quand ses mollets frottèrent contre le drap.

Max ! Je dois aller le voir…

Les dents serrées, Isabel quitta le lit. Les fibres de la moquette lui firent mal aux pieds. Elle baissa les yeux, s'attendant à les voir en bouillie, avec du sang partout…

Sur la pointe des orteils, elle gagna la porte. Même le métal lisse de la poignée lui sembla râpeux.

Elle réussit à atteindre l'escalier sans hurler. Soudain, elle se sentit de nouveau très bien. Le bois des marches redevenait agréable sous ses pieds nus.

Soulagée, Isabel courut vers la chambre de son frère.

— Une chose bizarre vient de m'arriver ! lança-t-elle en entrant.

Elle avait frappé sans attendre de réponse.

Et Max n'était pas en état de parler.

Certains frères se cachaient dans leur chambre pour lire *Playboy*. Celui d'Isabel s'enfermait dans la sienne pour se connecter à la conscience collective.

Alors qu'il l'était plus ou moins en permanence, maintenant...

Isabel claqua des doigts sous le nez de Max. Il était... *parti*. A voir sa bouche entrouverte et ses yeux révulsés, elle en eut la chair de poule.

Je devrais le prendre en photo. Il verrait à quel point il est repoussant comme ça. Mais je parie qu'il s'en ficherait...

Son saint de frère était au-dessus de ça. Il se moquait de son apparence... jusqu'à un certain point. N'utilisait-il pas ses pouvoirs pour se débarrasser de ses boutons d'acné ?

— Max, il faut que je te parle.

Elle le secoua ; il ne battit pas des paupières. D'habitude, il suffisait d'un contact physique pour le ramener à lui...

Isabel pensa à lui jeter un verre d'eau à la figure, mais elle se ravisa. Le phénomène « je peux sentir chacun de mes os » avait disparu. Quant à Max... Ce n'était pas vraiment le genre de personne avec qui elle avait envie de s'amuser. Depuis quelque temps, il était... absent... concentré sur la conscience collective.

Isabel appuya son pied droit sur le tapis de la chambre. Rien. Aucune douleur.

Pas de problème !

— Un cauchemar, murmura-t-elle. J'ai dû m'endormir…

Elle sortit sans se soucier de discrétion. La maison aurait pu exploser, le rythme cardiaque de Max resterait calme et régulier.

Elle entra dans la cuisine. Malgré la fatigue, elle n'avait pas envie de retourner s'étendre…

— Je me demande si maman et papa sont allés faire les courses, murmura-t-elle.

Ils n'étaient pas rentrés. La pendule affichait moins de vingt heures et ils ne seraient pas là avant trente minutes. Ce jour-là, ils travaillaient à Clovis, pas à Roswell.

Isabel aurait souhaité qu'ils rentrent. Elle voulait passer la soirée à regarder un film sentimental avec sa mère, pendant que son père ferait des plaisanteries douteuses. Il n'y avait pas meilleur antidote à un cauchemar.

Ils seront bientôt de retour…

Elle ouvrit le compartiment congélation du frigo. Des glaçons. Deux boîtes de petits pois surgelés agglutinées par le givre. Et des stalactites de glace compactée.

Il est grand temps de dégivrer.

Isabel ouvrit le réfrigérateur et plaça le bouton

du freezer sur « arrêt ». Puis elle entassa la nourriture sur la table de la cuisine.

Un nettoyage à fond valait presque un bon moment passé en famille. Sans être aussi drôle, ça lui permettait de ne plus penser à…

… *Mon cauchemar*.

Sauf que ça n'avait rien d'un cauchemar.

Elle passa au tiroir à légumes et fronça le nez en découvrant une tête de brocoli presque liquide. Le genre de désagréments habituels quand on a pour parents des avocats décidés à sauver le monde. Ils oubliaient tout, y compris ce qu'ils entassaient dans leurs tiroirs à légumes !

Isabel prit un sac poubelle dans le placard, sous l'évier. Puis, du bout des doigts, elle attrapa le brocoli pourri. Son estomac se noua. On eût dit que la puanteur prenait de la substance à mesure quelle pénétrait dans ses sinus et sa gorge…

Isabel lutta pour aspirer un peu d'oxygène par les trous d'épingle qu'étaient devenues ses narines.

— Max ! Au secours !

Elle allait mourir étouffée dans sa cuisine.

Non !

Isabel s'enfonça les doigts dans la gorge. Si elle réussissait à retirer un peu de moisissure, elle pourrait de nouveau respirer… Elle tituba vers l'évier et ouvrit le robinet d'eau froide. Si elle arrivait à avaler une gorgée…

Soudain, ses voies respiratoires se dégagèrent. Comme si elles n'avaient jamais été bouchées.

Comme si tout n'avait été qu'un horrible…

… *cauchemar.*

Mais elle était bien réveillée.

Ses jambes menaçant de se dérober, elle traversa la cuisine et tomba sur la chaise la plus proche.

C'est ce qui est arrivé à Max quand il a traversé son akino…

Symptômes : sensations physiques exacerbées…

… *Le toucher, l'odorat…*

Isabel se prit la tête entre les mains, anéantie. Selon Max, se connecter à la conscience collective et partager sa vie avec tous les êtres de leur planète – vivants et morts –, était une expérience extraordinaire qui permettait d'apprécier mille et une petites choses comme si c'était la première fois…

Pour Isabel, cela équivaudrait à la prison à perpétuité. Etre constamment observée… Ne plus avoir d'intimité, ni la liberté de choisir les individus qui entreraient dans sa vie…

Elle préférait mourir.

Au *Flying Pepperoni*, Max frappa la table du plat de la main, attirant l'attention du groupe.

— Puisque nous voilà réunis, passons aux choses sérieuses.

Il regarda ses amis, ses yeux « effleurant » Liz au passage. Depuis leur rupture, il se comportait comme si elle était devenue transparente.

— Et Alex ? demanda Isabel.

— Il a d'autres projets, répondit Maria.

— Plus importants que de débattre de ce que nous allons faire, maintenant qu'un psychopathe détient *deux* des trois Pierres de Minuit ?

Michael se versa du poivre moulu sur la langue.

— Nous le mettrons au courant de nos décisions plus tard, dit Liz.

Elle n'avait pas envie de perdre un quart d'heure à entendre ses copains regretter l'absence d'Alex.

Faire équipe pour arracher Kevin à son ravisseur était une chose. Rester assise près de Max alors qu'il ne s'agissait plus d'une question de vie ou de mort en était une autre.

Pour ne rien arranger, Adam la dévorait des yeux. Liz ayant rompu avec Max, il estimait avoir ses chances.

Ses yeux verts ne quittaient pas la jeune fille.

Lucinda Baker s'approcha.

— Qu'est-ce que je vous sers ? demanda-t-elle, tapotant son carnet de commandes.

— Une pizza. Un côté végétarien, l'autre boulettes de viande et ananas, répondit Max.

Lucinda leva les yeux au ciel.

— Où est passé votre ami mignon à croquer ?

— Je suis là ! se vanta Michael.

— J'ai dit, *mignon à croquer*. Euh, j'ai oublié son nom... Alex ! Où est-il ?

— Alex Manes ? s'étonna Liz.

Elle l'adorait. C'était son meilleur ami. Mais Lucinda n'était pas la seule lycéenne qui ne se souvenait jamais de son nom. Quoi d'étonnant ? Elles ne savaient pas qu'il existait. Pourtant, Alex était un garçon génial.

— La cure de beauté du vortex..., chuchota Maria à l'oreille de Liz, qui hocha la tête.

DuPris leur avait joué un sale tour. Quand Max, secondé par la conscience collective, avait ouvert un vortex pour renvoyer le traître sur sa planète d'origine, il avait expédié Alex à sa place. Grâce à la création d'un deuxième vortex, le jeune homme était revenu sur Terre – suivi par Trevor. Depuis, il semblait... transcendé. Ses cheveux étaient d'un roux plus riche, ses yeux d'un vert plus intense et son corps plus musclé.

Et tout ça n'échappait pas aux filles.

Liz s'avisa que Lucinda attendait toujours une réponse.

— Alex avait des projets…

— Bien. Dites-lui que je le salue, d'accord ?

Lucinda tourna les talons.

— Si elle met la main sur notre Alex, elle l'avalera tout cru, fit Michael.

— Possible, répondit Isabel.

L'idée la déprimait. Regrettait-elle d'avoir rompu avec Alex ?

Elle est peut-être simplement fatiguée, pensa Liz.

Isabel semblait avoir passé une très mauvaise nuit. Ces derniers temps, Liz se découvrait souvent le même air dans son miroir… Comment Max pouvait-il permettre à la conscience collective de l'éloigner ainsi d'elle et… ?

— L'un de vous a-t-il une suggestion ? demanda Max.

Michael se versa de nouveau du poivre moulu sur la langue avant de répondre.

— Comme je l'ai dit, DuPris a maintenant deux Pierres de Minuit. Plus un sérieux atout dans sa manche. Mon *frère* ! Ce type a failli nous tuer à plusieurs reprises. Que pourrions-nous encore tenter contre lui ? Faire circuler une pétition ?

Maria et Liz se regardèrent. Michael n'avait

jamais été le « M. Rayon-de-Soleil » du groupe, mais là… Que d'amertume !

Il vivait très mal la trahison de son frère.

— Michael a raison, dit Adam. DuPris est trop fort. Il peut nous pincer à tout moment.

Il parlait d'un ton résigné.

Voilà ce qui arrive quand on a eu une enfance comme la sienne, pensa Liz.

Prisonnier du complexe souterrain de l'organisation Projet Table Rase pendant des années, Adam estimait que les mauvaises choses arrivaient sans qu'on y puisse rien.

— S'il est d'humeur espiègle, employant une approche subtile, nous aurons peut-être de la chance, renchérit Michael. Dans le cas contraire, nous mangerons les pissenlits par la racine avant d'avoir eu le temps de dire « ouf ! »

Adam sembla troublé. Il avait de sérieuses lacunes au niveau de la « vie dans le monde réel ».

— Avec le tact qui le caractérise, expliqua Maria, Michael veut dire que nous serons morts.

— Alors, que suggérez-vous ? demanda Max. Nous coucher sur le dos ventre à l'air, comme des animaux soumis ?

Isabel prit une serviette en papier dans le distributeur.

— Je voudrais parler d'une chose avant d'arrêter une décision sur DuPris, dit-elle.

— Qu'y a-t-il de plus important que de régler son compte à notre ennemi ? demanda Max.

— Vous avez entendu DuPris. Trevor et lui veulent anéantir la conscience collective...

— Eh bien, coupa Isabel, j'ignore ce que vous en dites, mais je ne suis pas sûre que ce soit une mauvaise idée.

Merci, Isabel ! pensa Liz.

Craignant que Max ne l'accuse de détester l'entité qui interférait sans cesse dans leur vie privée, elle s'abstenait de donner son avis.

Il refuse d'admettre qu'il a énormément changé.

Quand il se connectait, il n'était plus Max.

— Excellente question, dit Michael. Pour ma part, je refuse de devenir un homme-coquille. Sans vouloir t'offenser, Max

— Je ne suis pas un homme-coquille ! Je choisis où, quand et comment je veux me connecter.

— La conscience collective te laisse parfois le choix, corrigea Liz, incapable de se taire plus longtemps. Mais pas toujours. De plus en plus souvent, tu... *pars*..., que tu le veuilles ou non.

Max voulut répliquer, mais Michael le devança.

— Comme chez Kyle !

Il fit tourner la poivrière entre ses mains, fasciné.

— Etait-ce *toi seul*, Max, qui as tenté de tuer mon frère ?

— Au cas où tu l'aurais oublié, ton *frère* essayait de *me* tuer, lui aussi ! Mais ça n'a peut-être aucune importance à tes yeux, puisque je ne suis pas de ta famille !

— Max, passer en mode tueur ne te ressemble pas. D'habitude, tu préfères les solutions moins… radicales.

— DuPris est un être malfaisant, dit Maria.

Nerveuse, elle mâchouillait une de ses boucles blondes.

— Quel message essayez-vous de faire passer, Isabel et toi ? Faut-il… Comment dire… ? nous contenter d'envoyer un panier de fruits à DuPris quand il aura détruit la conscience collective ?

— Tout ce que je dis, répondit Michael, c'est que notre situation ressemble à s'y méprendre à un scénario catastrophe, du genre rencontre entre une bombe de Raid et des cafards ! Avec nous dans le rôle des cafards… Que nous approuvions ou non les objectifs de DuPris, c'est lui le plus fort.

— Reste l'arme que Kyle a utilisée, rappela Liz. (Elle ramena ses longs cheveux bruns derrière ses oreilles.) Ce disque pourrait nous permettre de lutter à chances égales.

— Kyle ne voudra jamais nous le prêter, soupira Isabel.

— Essayons d'en fabriquer un, insista Liz.

— Tu sais que tu as raison, MacGyver ? railla Michael, faussement enthousiaste. Adam a un grille-pain et moi deux fourchettes. De quoi nous bricoler une super-arme !

Liz l'ignora.

— Tout ce que je dis, c'est que baisser les bras n'est pas une solution.

Pour la première fois depuis leur rupture, Max plongea ses yeux brillants dans ceux de la jeune fille.

— Serais-tu de mon côté ? Penses-tu, comme moi, que ce que veut DuPris est une profanation ?

Liz nota le choix du mot *profanation* et la ferveur de Max. Mais elle ne fit aucun commentaire.

— Maria a raison : DuPris est malfaisant... Mais je suis également d'accord avec Michael et Isabel. Je n'aime pas ce que la conscience collective fait de toi. Tu n'es plus toi-même, Max. Et c'est pour ça que tu ne te rends compte de rien.

— Il faut choisir un camp, Liz, dit Max. Tu ne peux pas...

— Au contraire ! Il est possible d'agir pour le

mieux mais pour de mauvaises raisons. Ce n'est pas parce que DuPris est malfaisant qu'anéantir la conscience collective serait un mal !

— Agir pour le mieux mais pour de mauvaises raisons..., répéta Max.

Liz hocha la tête.

Ou commettre le pire pour d'excellentes raisons, pensa-t-elle.

Comme rompre avec Max. Elle en souffrait tant que ça devait être la pire des choses. Mais elle avait de bonnes raisons... C'était une certitude !

Il n'était plus le Max dont elle était tombée amoureuse.

— Je doute que ça puisse marcher, dit-il. Comment décider d'un plan d'action alors que nous sommes incapables de tomber d'accord ? Agir au mieux mais pour de mauvaises raisons... Foutaises !

— Il a raison, dit Maria. Nous resterons toujours divisés...

Elle semblait au bord des larmes.

Avant, c'était si simple, pensa Liz.

Elle se rappelait comment ils avaient persuadé Valenti que l'extraterrestre qu'il recherchait s'était noyé, afin qu'il ne s'intéresse plus à Max... Et du jour magique où ils s'étaient connectés pour la première fois, avec son tourbillon de couleurs, de senteurs, de sons...

Alors, leur lien était pur. Intense.

Aujourd'hui... Les dissensions avaient eu raison de l'unité du groupe. Entre Max et Liz, entre Isabel, Michael et Max, entre Adam et Max, entre Adam et elle. Adam qui attendait davantage d'elle qu'elle ne se sentait prête à lui offrir. Entre Maria et Michael, pour la même raison – Maria espérant plus de Michael que de l'amitié.

Quant à Alex... Il n'avait pas jugé utile de se montrer.

— Une pizza écœurante, une ! annonça Lucinda en posant une plaque en fer sur la table.

— Je n'ai pas faim, dit Isabel.

— Moi non plus, répondirent les autres à l'unisson.

Liz craignit que ce ne soit la dernière chose sur laquelle ils seraient d'accord...

CHAPITRE III

Alex s'accouda à la rambarde, au niveau supérieur du centre commercial, et regarda la fontaine, au rez-de-chaussée. Il était censé retrouver Stacey Scheinin en bas dans quinze minutes.

Stacey Scheinin… La chef des pom-pom girls, une des filles les plus populaires du lycée.

Que peut-elle te vouloir, Alex Manes ? se demanda-t-il.

D'accord, il était sorti avec Isabel Evans. Et selon les lycéens de Ulysses F. Olsen, Isabel était… tout ce que Stacey ne serait jamais.

Mais se serait-elle intéressée à lui s'il n'avait pas découvert son secret ? Il les avait rapprochés, les poussant dans les bras l'un de l'autre.

Ainsi, elle avait connu un des garçons moyens qui adulaient de loin la princesse Isabel. Et elle avait compris que c'était quelqu'un sur qui elle pouvait compter.

Quelqu'un... avec qui, tout bien considéré, elle n'avait pas envie de sortir.

Aussi surprenant que ça puisse paraître, son chagrin avait presque disparu. A la réflexion, ce n'était pas si étonnant... Se retrouver sur une autre planète, entouré d'individus hostiles, voilà qui changeait un homme...

Alex regardait les gens se presser autour de la fontaine. Pas de filles ni de garçons en embuscade... Personne ne le guettait pour se moquer de lui dès qu'il oserait se montrer...

Stacey semblait sincère en lui donnant rendez-vous près de la fontaine. Pas un rituel d'humiliation caractéristique.

Alex s'écarta de la rambarde et se dirigea vers la place où se trouvaient les snacks et les autres points de vente de nourriture. Pas question d'attendre près de la fontaine comme un brave petit chiot. Il arriverait pile à l'heure au rendez-vous, pas une seconde plus tôt.

Au premier stand de sandwiches, il se ravisa et fit demi-tour. Il ne tenait pas à retrouver Stacey avec une haleine empestant l'oignon !

Il entra au *Gap*. Quoi de plus anodin que le *Gap* ?

— Excusez-moi ! lança une jeune femme.

Mince et très belle, c'était le genre de fille à orner les couvertures de magazines, pas à traîner dans un modeste centre commercial.

— J'ai besoin d'un avis masculin. Ce pull me va, vous pensez ?

Alex savait qu'elle ne s'adressait pas à lui. Mais il aurait pu lui affirmer que ce vêtement était fait pour elle.

— Excusez-moi…, répéta la jeune femme.

Alex regarda autour de lui. Quel crétin ignorait pareille beauté ?

Il s'avisa soudain que c'était lui, l'idiot !

La fille s'adressait à Alex Manes.

— Ce pull devrait vous *payer* pour que vous le portiez, répondit-il.

Il avait piqué ce compliment à un de ses frères.

La jeune femme éclata de rire.

Seigneur… *Miss Monde* flirtait avec *lui* !

J'ai voyagé à travers un vortex, se rappela Alex. *Et me voilà sur une planète où les femmes sont attirées par des garçons qu'elles n'auraient jamais remarqués sur la mienne.*

D'abord, Stacey Scheinin qui me demande un rendez-vous. Et maintenant...

A propos de Stacey... Alex jeta un coup d'œil à sa montre. Il lui restait quelques minutes.

— Vous devriez l'acheter, ajouta-t-il.

— Vous partez déjà ? dit la belle inconnue avec une moue terriblement sexy.

— Désolé.

Il tourna les talons et sortit. Quel monde étrange. Etait-ce bien le sien ? Difficile à croire, quand des *top models* lui lançaient des œillades assassines...

Il prit l'escalier plutôt que l'escalator. Il se sentait léger, plein d'entrain. Tant pis si ça n'était pas son monde, il profiterait au maximum de tout ce qu'il avait à lui offrir.

— Ça fait deux minutes que j'attends ! cria Stacey.

Assise au bord de la fontaine, elle aussi eut une petite moue. Boudeuse, celle-là.

— Tu as passé deux longues minutes sans moi ? la taquina Alex. Tu es sûre que tout va bien ? Tu t'en remettras ?

Deux moues sexy en dix minutes... Le genre de chose qui redonne confiance en soi !

— J'irai parfaitement bien dès que tu m'auras rejointe, répondit-elle.

Isabel détestait la voix haut perchée de Stacey. Alex la trouvait plutôt mignonne.

Quand il fut près d'elle, Stacey le prit par la taille.

Il ne s'attendait pas à ce qu'elle en vienne si rapidement au contact physique !

Il lui passa un bras autour des épaules. S'il l'avait prise par la taille, ils auraient eu quelques difficultés à se déplacer. Et il y avait plus compliqué encore : passer un bras autour de la taille d'une fille et glisser sa main dans sa poche. Un truc réservé aux pros.

— As-tu déjà vu des escarpins plus adorables ? s'écria Stacey en l'entraînant vers *A Walk on the Moon*, le magasin de chaussures.

C'était parti pour un tour.

Celui des grands ducs… En apparence, ils faisaient du lèche-vitrines. En réalité, ils observaient ceux qui déambulaient d'une boutique à l'autre, étudiant qui était avec qui.

Bien sûr, on les remarquait eux aussi.

Alex surprit le regard envieux de Craig Cachopo, reconverti en vendeur de chaussures depuis qu'il ne travaillait plus au musée.

— Oh, quelle vulgarité ! minauda Stacey face à la vitrine suivante, qui exposait une robe en jean à la poche brodée d'une fleur de tournesol.

Alex se laissait guider. Il eut droit à un autre

regard envieux quand Stacey s'arrêta devant une bijouterie.

— As-tu vu des boucles d'oreilles plus adorables ?

Alex acquiesça vaguement.

Steve Lydick, le pivot de l'équipe de basket-ball du lycée, venait vers eux. Il ne les avait pas encore vus.

Alex feignit de contempler les bijoux. Quand Steve s'avisa de leur présence – Stacey Scheinin et Alex Manes *ensemble* –, il en laissa tomber son cône glacé sur sa basket en toile taille 46.

Stacey éclata de rire.

— J'espère que tu ne nous feras pas ça à la cafétéria, Steve !

Puis elle entraîna Alex vers une échoppe de souvenirs. Elle désigna un extraterrestre gonflable, affublé d'une tiare de pacotille.

— Quel mauvais goût ! Qui achèterait des horreurs pareilles ?

— On ne devrait jamais se moquer des princes et des rois, dit Alex, très solennel. Qu'en penserait la princesse Diana !

— Exactement, approuva Stacey avec un grand sourire.

Alex eut envie de lever les yeux au ciel. Bon, Stacey n'avait pas grand-chose dans sa jolie petite tête… Mais il trouvait amusant de passer un après-midi au sein de l'élite.

Quand Isabel et lui sortaient ensemble, dès qu'ils apparaissaient en public, les gens chuchotaient dans leur dos. Avec Stacey, c'était différent.

Alex surprit les regards de certaines filles sur sa compagne, du genre : « Qu'est-ce qu'il lui trouve ? »

Je dois me tromper. Ce n'est pas possible !

Le parfum de Stacey devait lui monter à la tête.

Après un tour complet du centre commercial et d'innombrables « As-tu vu quelque chose de plus adorable ? », Alex commençait à se demander si ces histoires de popularité n'étaient pas la plus belle ânerie inventée par la société. Les gens en vue s'ennuyaient-ils autant que lui en ce moment ? Stacey s'amusait-elle ou faisait-elle semblant ?

— Il reste un endroit où nous ne sommes pas allés, annonça la jeune fille.

Elle l'entraîna dans un coin discret où se trouvaient une fontaine à eau et un banc. Bien qu'ayant parcouru le centre commercial en long, en large et en travers, Alex n'en avait jamais soupçonné l'existence.

— Y a-t-il quelque chose d'adorable ou de vulgaire, ici ? plaisanta-t-il.

Stacey plissa le front.

— Tu n'as pas envie ?

Alors, il comprit. C'était un des petits coins où les adolescents se cachaient pour flirter.

Alex s'assit et attira près de lui Stacey, qui n'eut pas besoin d'une autre invitation. Ses lèvres enduites d'un brillant au parfum de bubble-gum se posèrent sur les siennes.

Je n'apprécie même pas cette fille ! pensa Alex. *Liz aurait une attaque si elle me voyait en ce moment. Elle dirait que je suis superficiel, stupide et...*

Stacey lui mordilla le lobe de l'oreille. Le sentant ailleurs, elle espérait l'obliger à se concentrer. Alex l'embrassa dans le cou.

Oublie Liz, se dit-il. *Tu as le droit de t'amuser. C'est toi et personne d'autre qui étais prisonnier sur une planète hostile.*

— C'est la réplique exacte du salon des Partridge, annonça Elsevan DuPris à Trevor. Je suppose que tu as entendu parler de *The Partridge Family*, la série télévisée.

— Oui, j'ai vu des épisodes. Le matériel que m'a fourni la Fraternité était très complet.

Trevor s'agita sur le canapé, mal à l'aise. Etre

assis près du chef de la rébellion – qu'il idolâtrait depuis toujours – lui faisait une drôle d'impression.

— Ah, oui, la Fraternité..., dit DuPris. Comment vont ses membres ?

— Echapper à ceux qui ont rejoint la conscience collective est devenu très difficile, dit Trevor, heureux de prouver son utilité. Mais apprendre que la deuxième Pierre de Minuit est entre vos mains leur a redonné l'espoir.

DuPris hocha la tête.

— Le règne de la conscience collective est sur le point de s'achever. Un jour, les historiens découvriront avec effroi cette invention barbare. Ils comprendront qu'elle réduisait des êtres intelligents à l'état d'insectes, les privant de leur liberté.

— Je ferai l'impossible pour vous aider à détruire ce fléau ! promit Trevor. Je suis prêt à tous les sacrifices.

Il avait si souvent rêvé de cet instant... Mais en prononçant ces mots, il n'aurait jamais cru souffrir autant... Il avait déjà tant perdu pour en arriver là...

Michael, son frère, la seule famille qui lui restait, l'avait accueilli à bras ouverts.

Et maintenant...

DuPris prit Trevor par le poignet.

— Tu penses à ton frère. Comme c'est touchant !

Il le lâcha et passa les doigts dans ses cheveux gominés.

— Ne comprends-tu pas que les sentiments familiaux ont poussé nos semblables à créer la conscience collective ? Chacun doit prendre seul ses responsabilités. C'est le seul moyen d'atteindre son plein potentiel.

Trevor acquiesça, mal à l'aise.

De quel droit lit-il dans mes pensées ?

Trevor espéra que son aura n'avait pas trahi son indignation. Sans DuPris, la Fraternité n'obtiendrait jamais sa liberté…

— Avant tout, régénérons la Pierre de Minuit.

DuPris sortit de sa poche un sachet en velours qu'il dénoua pour en sortir la pierre endommagée.

— Chaque jour, toi et moi nous connecterons et projetterons notre énergie au cœur de la Pierre. Dans quelques semaines, elle aura retrouvé sa puissance.

Il posa la pierre sur la table et reprit le poignet de Trevor…

Des images venues du cerveau de DuPris envahirent celui de Trevor.

Un œil en amande, sans blanc ni pupille, arraché de son orbite par un doigt griffu.

Un corps consumé par le feu, ses tentacules s'agitant vainement.

Une mère et son enfant tués par un rayon laser.

— Non, je ne veux pas voir ça !

Trevor refusait d'assister à ces horreurs. Son cœur battait la chamade.

Mais les visions continuèrent d'affluer.

Une main qui s'enfonçait dans un abdomen protégé par une armure en métal, comme si l'un et l'autre n'avaient pas plus de consistance que de l'argile, pour en arracher un cœur palpitant.

Un garçon obligé de regarder son père qu'on torturait…

Trevor voulut se dégager, mais DuPris enfonça les doigts dans sa chair.

— Crois-tu qu'une révolution puisse triompher sans effusion de sang ? Je t'ai mal jugé. Je te croyais prêt à rejoindre les rebelles, à travailler à mes côtés !

— Je le suis ! haleta Trevor.

Il lutta contre la nausée.

C'était le moment qu'il avait attendu toute sa vie. L'occasion de détruire la conscience collective.

— Alors, joins tes pouvoirs aux miens, ordonna DuPris.

Trevor se concentra sur la création d'une boule

d'énergie. Sous l'effort, il trembla de la tête aux pieds.

DuPris donna le signal. Ils projetèrent la boule au cœur de la Pierre de Minuit.

Quand Trevor rouvrit les yeux, une faible lueur bleu-vert était réapparue au centre de la pierre. Une étincelle… La plus belle qu'il ait jamais vue !

— Bien joué, dit DuPris, flanquant une claque sur l'épaule du jeune homme. Beaucoup se vantent, prêts à tous les sacrifices, à les entendre. Mais à la première épreuve, il n'y a plus personne…

— J'aimerais savoir une chose.

— J'écoute.

— Michael a dit que vous aviez assassiné… nos parents.

Trevor se força à soutenir le regard du chef de la rébellion.

— Tu connais sûrement l'histoire de notre cause. J'ai volé une Pierre de Minuit et quitté illégalement notre planète à bord d'un vaisseau spatial. C'était celui de tes parents. Je voulais faire de la Terre ma nouvelle base, le temps de m'emparer des deux autres pierres nécessaires à l'anéantissement de la conscience collective.

Des filaments rouges apparurent dans l'aura de DuPris.

— Tes parents étaient les seuls membres d'équipage qui appartenaient comme moi à la rébellion. Les autres ne se doutaient de rien. Quand on m'a découvert à bord, on m'a emprisonné. On voulait me ramener sur notre planète, pour que je sois jugé par le Consortium.

Des larmes montèrent aux yeux de Trevor. Il avait appris comment le corps humain réagissait aux émotions grâce au matériel pédagogique de la Fraternité. Mais chaque fois que ses sentiments l'affectaient physiquement, il en restait surpris.

Il battit des cils, espérant que DuPris n'avait rien deviné de son émoi.

— Vous avez saboté le vaisseau…

— C'était nécessaire. Je devais conserver ma liberté *et* la Pierre de Minuit.

— Un sacrifice indispensable…

Trevor comprenait la logique du raisonnement. Qu'importait la perte de quelques vies comparée à la cause ?

— D'autres questions ? Je dois m'occuper de la décoration de la chambre à coucher. J'ai choisi un thème de *La Famille Brady*.

— Entendu.

DuPris se téléporta aussitôt.

Trevor baissa les yeux sur la Pierre de Minuit, envahi par la sérénité que lui inspirait sa beauté.

La Pierre de Minuit libérera ma planète…

La liberté…

On lui répétait depuis sa plus tendre enfance que la rébellion exigeait de nombreux sacrifices. Y consentir était un honneur.

— J'ai tout sacrifié à la cause, murmura-t-il.

De nouvelles larmes perlèrent à ses paupières. Il les essuya d'un geste rageur.

CHAPITRE IV

Michael franchit le seuil de sa maison… Du moins, il essaya. Son père lui barrait le chemin.

— Tu ne vis plus ici. Nous ne voulons plus de toi sous notre toit. Dorénavant, tu vis de l'autre côté de la rue.

— D'accord, répondit Michael sur un ton dégagé, comme si on lui demandait d'aller faire une course au supermarché du coin. Puis-je prendre mes affaires ?

— Tu ne possèdes rien. C'est nous qui t'avons tout donné et nous le gardons.

Il poussa Michael, qui trébucha.

Le jeune homme prit ses jambes à son cou, le cœur battant, et traversa la rue…

En face, une femme se dressa sur le seuil de sa maison, armée d'un fusil…

— Nous n'avons plus de chambre !

— Mais mon père m'a dit…

— Un pas de plus et je t'envoie bouffer les pissenlits par la racine !

Plus effrayé que jamais, Michael dévala la rue… et se retrouva devant un plat de beignets arrosés de tabasco.

— Tu faisais un joli rêve, dis-moi, commenta Trevor.

Il venait d'apparaître face à Michael.

— Trevor, je ne veux plus te revoir. Sinon, je ferai de toi le type le plus misérable de cet univers !

— Je veux seulement t'expliquer…

— Pourquoi tu m'as trahi ? Pourquoi tu m'as sorti le grand jeu, prétendant être venu sur la Terre pour apprendre à me connaître ? A moins que tu ne veuilles m'expliquer pourquoi tu as voulu tuer Max ? Ou pourquoi tu es devenu le disciple zélé de l'assassin de nos parents ?

— Un peu tout ça, avoua Trevor.

Malgré lui, Michael se radoucit. Les yeux de Trevor étaient si semblables aux siens…

— Tu es la seule famille qui me reste. Et ton cher ami Max a également essayé de me tuer.

Michael posa ses coudes sur la table en formica.

— Tu veux t'expliquer ? Parfait. Commence par me dire pourquoi tu m'as menti…

— J'ai été envoyé sur la Terre pour prendre la Pierre de Minuit à Alex et la donner au chef de la rébellion. Celui que vous appelez DuPris. J'ai été choisi parce que…

— … Grâce à nos liens de parenté, tu pouvais t'infiltrer dans notre groupe, coupa Michael, les yeux lançant des éclairs. Tu t'es servi de moi ! Mais après tout, pourquoi pas ? Nous ne nous connaissons pas. Nous ne sommes rien l'un pour l'autre, juste des… frères.

Michael s'en voulut de s'énerver. Et de donner à Trevor le pouvoir de…

… le blesser.

— Comprends une chose au sujet de la conscience collective : elle est malfaisante. L'anéantir compte beaucoup plus que d'épargner une poignée d'individus. Toi. Moi…

— Nos parents ? explosa Michael. As-tu demandé à ton idole ce qu'il leur avait fait ?

— Oui.

Trevor baissa les yeux sur la table en formica rose, comme si elle le fascinait.

— Il n'a pas nié les avoir tués, n'est-ce pas ? Et ça ne t'empêche pas de travailler pour lui…

(Michael se leva d'un bond.) Je refuse d'en entendre davantage !

Trevor l'attrapa par un coude et lui fit faire volte-face.

— Tu m'écouteras jusqu'au bout !

— Lâche-moi !

— Pas avant que tu ne…

De son poing libre, Michael lui flanqua un direct à la mâchoire. Puis il se dégagea et partit à grandes enjambées.

Cette fois, Trevor lui barra le chemin en lançant une table sur son passage.

— Oh, tu veux jouer…

Michael se retourna. Dans le plan des rêves, il n'avait pas à se soucier de savoir qui, de Trevor ou de lui, avait le plus de pouvoirs. Il lui suffisait de *penser* à une chose pour qu'elle se produise.

Bien sûr, il fallait qu'il sache qu'il rêvait. Mais grâce à son frère, il en avait conscience.

Trevor se retrouva sur le dos, cloué au sol par une autre table.

— As-tu si peur de ce que tu pourrais entendre ?

La table vola en éclats. Des échardes de formica, tranchantes comme des lames de rasoir.

Michael ne tressaillit pas.

Il *voulut* que les projectiles s'arrêtent et fassent un demi-tour serré… Ils lui obéirent.

— Si nos parents n'étaient pas morts… ! commença Trevor.

— S'ils n'avaient pas été *tués*, tu veux dire ! corrigea Michael.

— La Pierre de Minuit volée par DuPris serait retournée sur notre planète, continua Trevor. La rébellion aurait été écrasée et la Fraternité aurait dû rejoindre la conscience collective !

— Donc, pour toi, assassiner tous ceux qui se dressent, volontairement ou non, en travers du chemin de la rébellion, est de bonne guerre ? résuma Michael.

— Oui !

— Tu as tort !

Les éclats de formica retombèrent en poussière.

Michael et Trevor s'affrontèrent du regard.

Puis Trevor disparut.

Il faut que je sorte de là, pensa Michael.

Après toutes ces émotions, il tremblait de fatigue. D'une pensée, il écarta la table qui bloquait la porte.

— Mais qu'est-ce que je fais ?

Il se concentra ; la paroi scintillante de son orbe de rêve apparut. Il la traversa… et se réveilla.

Ses draps étaient trempés de sueur. Il jeta un coup d'œil au réveil. Trois heures et demie du matin… Il avait dormi cent vingt minutes.

Il se leva, enfila un jean, un T-shirt et des chaussures. L'idéal pour une de ses visites nocturnes à Maria.

Elle n'avait jamais protesté, quelle que soit l'heure à laquelle il la réveillait en s'introduisant chez elle. Chaque fois, il finissait par se sentir mieux… Même si elle le rendait fou avec ses questions !

Il sortit de sa chambre et traversa le salon, jetant au passage un coup d'œil à Adam… avant de s'immobiliser.

Adam aussi allait bientôt se réveiller. Pourquoi ne pas attendre et lui parler ?

Lui enseigner les « petits riens » du monde réel l'empêchait de s'appesantir sur ses problèmes personnels. Pour un temps…

A la réflexion, Michael comprit qu'il avait moins besoin de Maria ou d'Adam que de Max. Leur relation n'avait cessé de s'envenimer. Il était temps d'y mettre un terme et de recoller les morceaux.

— Après tout, mon vrai frère, c'est lui, murmura Michael.

Max se frottait le visage avec une balle de massage en caoutchouc. Quelques membres de la conscience collective ne se lassaient pas de la sensation que procurait cet objet. Naturellement, le jeune homme partageait leur enthousiasme. Ça fonctionnait ainsi. Leur plaisir était presque aussi enivrant que tout ce qu'il avait expérimenté seul.

Mais il s'était donné une mission.

A contrecœur, il se sépara des adorateurs du massage, s'enfonçant dans l'océan d'auras qui composaient la conscience collective.

Il se concentra sur une image de Ray Iburg et la projeta aux milliards d'entités. Sa « question » provoqua quelques remous.

Trouvant un courant, il fut emporté sur la crête d'une vague vers une autre zone, à la recherche de Ray, le seul extraterrestre adulte, avec DuPris, qui avait survécu au crash du vaisseau spatial. Avant de mourir, il avait beaucoup appris à Max et à ses amis sur leurs origines et leurs pouvoirs.

Si Max pouvait lui parler – en échangeant des images avec lui, puisque les membres de la conscience collective communiquaient ainsi –, Ray saurait peut-être le conseiller. Sa vie était devenue un enfer. Tout lui glissait entre les doigts… Il n'avait plus personne à qui se confier.

Sans compter que les imitations d'Elvis, la spécialité de Ray, lui manquaient. Peut-être aurait-il droit à une représentation privée ? Ces temps-ci, les occasions de rire étaient rares au sein du groupe.

Sinon, je retournerai voir les adorateurs de la balle de massage en caoutchouc…

Mais perdre toute notion du temps en compagnie d'êtres comme ceux-là était trop facile. Et trop dangereux en ce moment…

Max visualisa Ray vêtu de son costume d'Elvis et projeta cette image.

Cette fois, nul ne sembla le reconnaître. Mais il capta de l'amusement.

Et de la peur.

Une vague se forma près de lui… Max fut enveloppé par des auras froides comme des glaçons.

Ces êtres sont terrifiés ! DuPris possède deux Pierres de Minuit. Ils sont épouvantés à l'idée de… mourir.

Il voulut projeter une question, mais le froid l'avait envahi. Paralysé, il devenait incapable de communiquer.

Au-dessus de lui, il sentit déferler une autre vague et tenta de se propulser vers elle. Mais l'engourdissement dû au froid l'en empêcha.

— Max ! cria une voix.

Si lointaine qu'il fut incapable de l'identifier.

— Max !

Elle se rapprochait…

C'était Michael.

Arraché à la vague glacée, Max nagea dans le courant principal.

Il allait se déconnecter – ou au moins baisser le volume des émissions de la conscience collective –, quand des êtres lui demandèrent quelle odeur il sentait.

Max projeta la réponse : de la cire pour meubles, parfumée au citron.

Qu'était un citron ?

Il imagina un citronnier couvert de fruits…

— Max !

La voix de Michael redevenait aussi ténue qu'un murmure.

Je suis à toi dans une seconde, pensa Max, comme si son ami pouvait l'entendre.

Il envoya l'image du citronnier… et fut instantanément bombardé de questions.

Il se concentra sur un citron qu'on presse.

Une partie de son cerveau savait que Michael l'appelait. Mais il était tellement pris par l'avalanche de questions qu'il ne parvenait plus à penser à son ami.

Son image devint floue puis disparut.

Isabel aurait pu se lancer dans une autre corvée de nettoyage. Mais elle était trop fatiguée.

Pour être honnête, elle frôlait l'épuisement.

Quoi d'étonnant ? Ses amis et elle s'étaient

démenés pour retrouver Kevin, le frère de Maria. Avant, ils n'avaient pas chômé non plus pour ramener Alex sur la Terre…

Elle avait toutes les raisons au monde d'être lessivée. Quant aux sensations physiques exacerbées… elles pouvaient s'attribuer au surmenage.

Isabel s'assit à son bureau et alluma l'ordinateur, en quête de distraction. Quand l'écran s'alluma, elle cliqua sur l'icône de ses sites préférés. Elle ne se sentait pas d'humeur à faire des achats. Et elle avait visité tous les sites consacrés aux jeunes filles deux jours plus tôt…

Son regard tomba sur la page Web de Lucinda Baker.

Parfait.

Isabel cliqua dessus et attendit.

— Si j'accélérais les choses en utilisant mes pouvoirs sur le modem… ? grommela-t-elle, impatiente.

Elle pianota sur son bureau jusqu'à ce que la photo de Lucinda apparaisse. Elle cliqua sur le sourire rouge de la jeune fille et attendit que s'affiche la liste des garçons.

Qui a-t-elle embrassé, ces temps-ci ?

Un nom était écrit en majuscules rouges : « Alex Manes ».

Lucinda nous a demandé de le saluer cet après-midi… Elle ne peut pas l'avoir…

Isabel cliqua sur le nom d'Alex.

— « *D'accord, j'admets ne pas encore avoir essayé Alexandre le Grand ! Ne vous inquiétez pas, ce sera bientôt chose faite. Je ne suis pas fière de l'avouer, mais Stacey Scheinin m'a coiffée au poteau. Alex et elle se sont pelotés au centre commercial, près de la fontaine à eau. Vous voyez de quoi je parle, n'est-ce pas ? J'ai eu des détails par Stacey... Sans que nous soyons exactement des* amies, *cette fille adore se vanter, c'est bien connu. Résultat des courses, Stacey donne à Alex dix sur dix !* "Il sait ce qu'il fait et il le fait bien", *m'a-t-elle confié. Avant d'ajouter* : "Il est adorable." *Alors... Alex est-il encore plus craquant depuis qu'Isabel a rompu avec lui ?* »

— Oh, pitié ! grogna la sœur de Michael.

Lucinda n'hésitait jamais à inventer des histoires pour pimenter son site. Mais elle n'en aurait jamais imaginé une avec Stacey en vedette. Les deux filles ne pouvaient pas se piffer...

Donc, Alex et Stacey...

Isabel secoua la tête.

Ce n'était pas juste ! Après toutes les horreurs que Stacey avait proférées sur Alex dans son dos !

Isabel songea à proclamer sur le Net ce qu'elle

pensait de l'attitude de Stacey. Mais elle se ravisa. Ce n'était pas son style. Il faudrait qu'elle…

Soudain, les lettres brillèrent sur l'écran. Intensément. Douloureusement.

Elle ferma les yeux. En vain. La lueur la blessait encore sous ses paupières baissées.

Elle chercha le bouton de l'ordinateur à tâtons. Mais elle dut se résoudre à entrouvrir les paupières…

Des lettres d'une blancheur aveuglante couvraient l'écran. Elle les sentit pénétrer dans son crâne, comme des lames de couteaux…

Isabel se cacha le visage entre les mains et cria.

CHAPITRE V

Michael entra en courant dans la chambre d'Isabel.

— Izzy ? Qu'y a-t-il ? Ça ne va pas ?

La jeune fille cria de nouveau, les paumes pressées contre son visage.

Il l'attrapa par les poignets et lui écarta les mains. Elle garda les yeux fermés.

— Dis-moi ce qui ne va pas !

Avec une réticence marquée, Isabel entrouvrit les paupières.

Non sans un long soupir, elle ouvrit les yeux.

— Ça va…

Des bruits de pas retentirent dans le couloir.

— Tout va bien, Isabel ? demanda Mme Evans derrière la porte.

Michael plongea à terre et rampa sous le lit. Les Evans disaient toujours en plaisantant qu'il était leur troisième enfant... Mais ils n'apprécieraient pas de le surprendre dans la chambre de leur fille à quatre heures du matin.

Il entendit la porte s'ouvrir.

— J'ai fait un cauchemar ! dit Isabel à sa mère. Je m'étais endormie devant mon ordinateur...

Michael entendit le matelas gémir au-dessus de lui... La mère et la fille s'étaient assises sur le lit.

— Tu veux m'en parler ? demanda Mme Evans. Parfois, on se sent mieux.

— Je... ne me souviens pas.

— Le méchant loup dont tu rêvais sans cesse est revenu ? Je suis prête à le recevoir s'il ose remontrer le bout de son museau ! J'ai toujours une bombe antiloup, tu sais...

Michael s'en souvenait : une bombe de laque que Mme Evans avait recyclé. Chaque fois qu'Isabel rêvait du prédateur, sa mère venait vaporiser de l'« antiloup » dans sa chambre.

— Merci, maman...

Michael entendit trembler la voix d'Isabel. Son amie n'était pourtant pas une pleurnicheuse.

— Ça va mieux, ne t'inquiète pas. Tu devrais retourner te coucher…

— Essaie de dormir, répondit Mme Evans.

Michael l'entendit se lever et s'éloigner. Il attendit quelques instants avant de sortir de sous le lit.

— Que s'est-il passé ?

— Tu n'as pas entendu ? C'était un cauchemar…

Michael s'assit à côté d'elle.

— N'essaie pas de me mentir, Izzy la Lézarde, dit-il, utilisant le surnom qu'il lui donnait quand elle était fillette.

— C'est… Je suis stressée, d'accord ? Pour tout arranger, en lisant la page web de Lucinda, j'ai découvert qu'Alex était sorti avec Stacey. Tu imagines ? *Stacey Scheinin !* C'est flippant !

Michael ne marcha pas une seconde.

— Tu aurais dû t'en tenir à ton histoire de cauchemar, Iz. C'est vrai, imaginer Alex et Stacey ensemble est écœurant… Mais ça donnerait plutôt envie de vomir, pas de crier…

— Je ne vomis pas !

— Oh, c'est vrai, j'oubliais… Mais où avais-je la tête ?

Il écarta tendrement des mèches de cheveux collées par la sueur sur le front de la jeune fille et la dévisagea.

Isabel avait le teint grisâtre. Et l'air fripé de quelqu'un qui n'a plus dormi depuis des jours. Exactement la tête de Max quand…

— Tu traverses ton *akino*, n'est-ce pas ?

Isabel ouvrit la bouche, mais aucun son n'en sortit.

Elle hocha la tête.

Elle ne peut pas finir comme Max !

Il refusait de laisser une horreur pareille se reproduire. Il ne supporterait pas de les perdre tous les deux. Parce qu'il avait perdu son ami, de toute évidence. Max n'était plus Max. Il était devenu un homme-coquille.

Michael avait dû regarder en face cette triste réalité quelques minutes plus tôt. Debout devant son ami, il l'avait appelé. En vain.

Max n'avait jamais eu conscience de sa présence…

— Que vais-je faire ? demanda Isabel.

Que répondre ? Et comment la protéger ?

Michael se sentait nul dès qu'il s'agissait de réconforter quelqu'un. Si Maria avait été là ! Contrairement à lui, elle savait s'y prendre pour que les gens se sentent mieux. Il lui suffisait parfois de poser une main sur leur bras…

Accablé, Michael attira Isabel contre lui et enfoui son visage dans la masse soyeuse de ses cheveux blonds.

— Tu aurais pu me répondre que tu t'occuperais de tout, que je n'avais pas à m'inquiéter..., murmura Isabel, blottie contre son épaule.

Michael était son deuxième grand frère. Son rôle était d'affirmer qu'il garderait la situation en main, qu'elle n'avait aucun souci à se faire...

Il se força plutôt à dire ce qu'elle n'avait pas envie d'entendre.

— Je devrais te rapporter les cristaux de communication... Je refuse de te voir souffrir comme Max...

Isabel s'écarta de lui comme s'il avait la peste. Ses yeux lancèrent des éclairs.

— Tu veux que je me connecte à la conscience collective ?

— *Non !* Mais avons-nous le choix ?

— Trevor a survécu à son *akino* sans se connecter, n'est-ce pas ? Pourtant, ces êtres prétendent que c'est la connexion ou la mort !

Isabel se leva et entreprit de remettre en place des livres parfaitement alignés sur son étagère, au-dessus de l'ordinateur.

— Je déteste l'admettre, mais nous n'avons guère de raisons de nous fier à Trevor, lui rappela Michael. Il m'a dit avoir traversé son *akino* sans se connecter à la conscience collective, c'est vrai. Mais il a aussi prétendu être venu ici pour me voir... Il a soigneusement omis d'ajouter qu'il se trouvait là pour voler la Pierre de Minuit rapportée par Alex, se joindre à DuPris et tuer Max. Alors, tout ce qui est sorti de sa bouche devient sujet à caution.

Isabel fit volte-face et croisa son regard.

— La rébellion… Si elle n'était pas menée par DuPris, je la rejoindrais sans hésiter. Peut-être Trevor attendait-il le bon moment pour te parler ? Mieux te connaître et être sûr de toi ?

— Si cette histoire de rébellion n'est pas une invention de mon frère, il y a peut-être un moyen de survivre à l'*akino* sans se connecter… Se rebeller en faisant partie de la conscience collective serait impossible. Regarde Max. Un vrai zombie…

Hé, petit génie… Ce n'est pas ce qu'Isabel a envie d'entendre en ce moment !

— Tu as raison, c'est un zombie. Voilà pourquoi je refuse de me connecter, même si ça doit…

Elle laissa sa phrase en suspens. Nul besoin d'aller au bout.

— Tu devrais me remercier… Je vais jouer les rats de laboratoire. Si je survis à mon *akino* sans connexion, alors tu auras tes réponses.

Michael se raidit. Le monde à l'envers ! C'était à *lui* de protéger Isabel, pas l'inverse !

— Laisse tomber ton numéro de macho ! lança la jeune fille.

— C'est juste que… Je ne peux pas supporter l'idée que tu puisses…

Michael baissa la tête.

— Ne dis rien aux autres, d'accord ? Je refuse d'être soumise à un sauvetage désespéré… Ça fait tellement archaïque…

— Veux-tu que je reste ? Je peux aller chercher un sac de couchage…

— Non, ça ira. De toute façon, il fera bientôt jour.

Michael se leva à contrecœur.

— On se verra au lycée ! lança Isabel.

Il ne se retourna pas.

Adam sortit du Musée de l'OVNI et leva les yeux au ciel : gris béton et affreusement bas. Il détestait les jours comme celui-là. Ils lui donnaient l'impression que le monde entier faisait partie du complexe souterrain. Comme si le soleil était une invention de son cerveau malade.

Voir Liz l'aiderait à se sentir mieux. Elle valait tous les soleils.

Adam tressaillit. Si Michael l'avait entendu penser ça, il se serait étouffé de rire.

Pourtant, c'était la vérité.

Le soleil lui donnait le sentiment d'être « ultravivant ». Comme Liz. Mais elle était une meilleure source d'énergie encore.

Il sortit ses clés et ferma la porte. Quelle sensation extraordinaire… Il possédait un trousseau de clés ! Quelque chose lui appartenait. Et il avait un chez-lui…

Il était impatient que le musée rouvre. Voir des clients serait cool.

Il aimait la foule, appréciant que son aura en effleure d'autres. La solitude, il en avait sa claque ! Il n'existait pas d'endroit plus retiré du monde qu'une cellule dans le complexe souterrain de l'organisation Projet Table Rase !

Adam descendit la rue principale. C'était l'heure du déjeuner. Idéal pour qu'un adolescent se promène en ville un jour d'école sans qu'on trouve ça étrange.

Il avait visité les boutiques à plusieurs reprises. Même celles qui vendaient des souvenirs sur le thème des extraterrestres. Elles ne lui fichaient plus la trouille.

Aujourd'hui, il n'avait pas envie de rester sous ce ciel plombé plus que nécessaire. Ça lui flanquait les chocottes. Michael appelait ainsi ces désagréables picotements à la base de la nuque : avoir les chocottes.

Un bus s'arrêta devant un pâté de maisons ;

Adam courut et l'atteignit juste avant que les portes ne se referment.

— Vous retournez au *Target* ? demanda le chauffeur.

Adam lui fit un sourire penaud. Il y allait plus souvent que n'importe quel habitant de Roswell... Mais il n'avait rien de mieux à faire pendant que les autres étaient au lycée. Et le *Target*, c'était cool !

Quand le musée rouvrira, je demanderai à Michael de m'y laisser travailler...

Il modifierait son visage pour avoir l'air adulte. Ainsi, il aurait une identité secrète...

Comme Clark Kent, ou Peter Parker.

Adam secoua la tête. Une autre pensée qui ferait mourir de rire Michael !

Sauf qu'il n'avait plus vraiment la tête à rire depuis que Trevor était passé dans le camp ennemi...

Adam posa le front contre la vitre, regardant défiler les boutiques et les restaurants. Dès que le bus s'arrêta devant le *Target*, il descendit et traversa la rue en courant.

Il se sentit mieux dès qu'il eut passé les portes automatiques. Il gagna le rayon presse. La couverture d'un mensuel féminin attira son attention : *Comment envoyer des signaux pour lui faire comprendre que vous voulez être plus que son amie.*

Après s'être assuré d'un coup d'œil que personne ne l'observait – il avait compris que les garçons ne devaient jamais être surpris un *Cosmopolitan* à la main –, il prit un exemplaire, sur le présentoir, chercha l'article qui l'intéressait et le lut en diagonale.

Il avait besoin de conseils sur « l'affaire Liz ». Les informations rassemblées jusque-là restaient confuses. Elles ne l'aidaient pas à y voir clair.

Information numéro un : Liz l'avait embrassé. Elle avait pris l'initiative.

Bon pour lui.

Information numéro deux : Liz était alors en plein désarroi. Elle venait de se disputer avec son père.

Mauvais pour lui.

Information numéro trois : après avoir embrassé Adam, Liz avait rompu avec Max.

Bon pour lui.

Information numéro quatre : depuis, elle ne le regardait plus en face.

Mauvais, mauvais…

Information numéro cinq : elle avait également cessé de regarder Max dans les yeux.

Bon… ou mauvais ?

Adam lut plus attentivement l'article, espérant y glaner des conseils judicieux.

Essayez une petite culotte ou un soutien-gorge

rouge, lut-il. *La vision de sous-vêtements rouges envoie un signal éloquent : « Je cherche un partenaire. »*

Adam passa à la deuxième suggestion.

Laissez tomber un objet et attendez une ou deux secondes avant de le ramasser. D'accord, ça manque affreusement de subtilité, mais les hommes sont tellement bouchés…

Adam soupira.

Cet article ne l'aiderait pas à savoir si Liz voyait en lui un petit ami potentiel. Il referma le magazine, le reposa sur le présentoir et s'efforça de chasser l'image qui voulait s'imposer à son esprit : Liz Ortecho en lingerie fine rouge sang. Voilà qui mettrait en valeur sa peau mate…

Il s'éloigna du rayon à grandes enjambées.

Du coin de l'œil, il aperçut des jeux et ralentit. Etre surpris au rayon des jouets d'un grand magasin était encore pire, pour un garçon de son âge, qu'avoir un *Cosmopolitan* à la main…

Mais il n'avait jamais eu de jouets, au complexe. *Papa* Valenti – il aurait aimé se cacher dans un trou de souris en se rappelant qu'il avait si longtemps pris le shérif pour son père – avait décrété que les jouets le détourneraient de sa tâche. Qu'il montre l'étendue de ses pouvoirs, voilà ce qui comptait…

Malgré ses réticences de « lycéen », Adam

laissa ses pas l'entraîner au milieu des jouets… Une minute plus tard, il s'assit sur le sol et commença à s'amuser avec un robot téléguidé.

Voyons si je peux lui faire tourner le coin et revenir…

Armé de la télécommande, il suivit les mouvements du robot… qui ne réapparut jamais.

— *La vache fait… meuh !* annonça une voix électronique à côté de lui. *Le coq fait… cocorico !*

— As-tu vu passer un robot ? lança Adam.

Il devait s'agir d'un enfant en bas âge. Qui d'autre aurait pu s'amuser avec un jeu éducatif réservé aux bébés ?

Le gamin ne répondit pas.

Quant au robot, il avait disparu.

— *Le mouton fait… bêê !*

Adam se leva et gagna le rayon suivant.

Ce qu'il vit le pétrifia.

Assis en tailleur au milieu de l'allée, Max Evans étudiait un jouet éducatif en plastique.

— Max ! s'écria Adam. Que fais-tu là ?

Evans tira sur la ficelle qui dépassait du jouet.

— *Le canard fait… coin-coin !* dit la voix nasillarde.

Adam s'accroupit près de son ami. Le regard perdu dans le vague, comme toujours lors d'une connexion… Encore un truc qui flanquait les chocottes à Adam.

Il tapota l'épaule de Max, qui ne cilla pas.

— *La vache fait... meuh !*

— Ne devrais-tu pas être au lycée ?

Adam hésita, puis lui flanqua une grande claque dans le dos. Toujours pas de réaction. Il lui retira le jouet des mains.

Max se tourna vers lui.

— Que fais-tu ici ?

Adam haussa les épaules, mais son cœur battait la chamade. Tout ça était très étrange.

— J'ai beaucoup de temps à tuer. Et toi ?

Une ride apparut entre les sourcils de Max. Il se frotta le visage.

— Je... Bon sang, je ne me rappelle pas comment je suis arrivé ici, avoua-t-il. Nous sommes au *Target*, non ?

— Oui.

Adam lui tendit une main pour l'aider à se relever.

— Vas-tu retourner au lycée ?

— Je pense que...

La voix de Max mourut. Il prit un gros ours en peluche et le caressa, haussant les épaules en guise d'excuses.

— C'est à cause de la conscience collective. Certains membres veulent en savoir plus. Je crois que je vais rester un moment.

Sa voix était devenue pâteuse, comme celle d'un dormeur... ou d'un drogué.

— Tu es sûr ? demanda Adam.

Les yeux de Max étaient presque aussi vides que ceux de l'ours en peluche.

— Manquer un jour d'école ne me tuera pas.

Alors que Max approfondissait la connexion, ses dernières paroles résonnèrent dans l'esprit d'Adam. Lui donnant une idée.

Brillante... et excitante.

Liz vit Max avancer vers elle dans le couloir du lycée.

L'intensité de son regard était plus qu'elle ne pouvait en supporter. Il était *là*. Même à distance, elle voyait que la conscience collective n'avait plus prise sur lui.

C'est comme ça qu'il me regardait avant...

Liz eut envie de courir se jeter dans ses bras. Mais ils n'étaient plus ensemble.

Max lui sourit.

Un sourire disant qu'elle était la plus belle, la plus merveilleuse, la plus extraordinaire femme du monde.

— Euh... salut, Max !

— Liz..., murmura-t-il. C'est moi, Adam.

Liz eut un mouvement de recul.

— Quoi ?

— Je savais que Max ne viendrait pas au lycée aujourd'hui, alors j'ai décidé de… tu sais.

Adam s'était métamorphosé !

— Je voulais voir à quoi ressemblait… le lycée. J'espère que ça ne pose pas de problème.

— Euh, non…

Liz voulut demander où était Max et pourquoi il ne viendrait pas, mais elle se ravisa. Elle se doutait qu'elle n'aimerait pas les réponses.

— Aucun problème. Viens, je vais te faire visiter.

Elle l'entraîna dans la cafétéria, poussant un battant de la double porte.

— Veux-tu manger ? Nous pouvons nous asseoir avec…

— Non ! Je voudrais voir le reste.

Liz le guida le long des couloirs.

— Voilà les casiers, expliqua-t-elle, laissant courir ses doigts sur les portes métalliques peintes en vert, et flanquant au passage une pichenette aux cadenas. C'est là que nous rangeons nos livres et nos affaires.

Elle s'arrêta devant un casier.

— C'est le mien.

— Puis-je voir ce qu'il y a dedans ? demanda Adam, avec l'air de chiot impatient qu'il prenait quand quelque chose lui tenait à cœur.

— Il n'y a rien d'intéressant, tu sais. Mais pourquoi pas ?

Elle composa la combinaison, se trompa et recommença. Combien de temps lui aurait-il fallu pour deviner qu'Adam avait pris l'apparence de son ex-petit ami ?

Le jeune homme avait eu l'honnêteté de le lui révéler d'entrée de jeu.

Quelques semaines plus tôt, Liz aurait su instantanément à quoi s'en tenir. Max n'étant plus vraiment lui-même, elle aurait pu à présent se laisser abuser…

Liz ouvrit son casier, dévoilant des livres, un classeur et l'extraterrestre en peluche affublé de lunettes de soleil que lui avait offert Max.

— C'est ta sœur ? demanda Adam, désignant une photographie fixée avec du ruban adhésif sous celle où Liz posait avec Max.

— Oui, c'est Rosa.

Elle déglutit nerveusement.

C'était trop étrange. Comment avoir ce genre de conversation avec Adam alors qu'il avait le visage d'un autre ? Et quel autre !

— Suis-moi.

Elle l'emmena à l'étage. Ils longèrent les salles de classe, jusqu'à la salle où on stockait le matériel de science.

— Qu'est-ce que ça sent ? demanda Adam quand elle referma la porte.

— Le formaldéhyde, répondit-elle.

Elle se revit avec Max dans cette même pièce, quelques jours plus tôt. Ils flirtaient. Ils avaient plaisanté au sujet du formaldéhyde, prétendant que l'odeur agissait sur eux comme un stimulant.

— Pourrais-tu reprendre ton apparence normale une minute ?

— Bien sûr…

Ses cheveux changèrent de couleur. Ses pupilles redevinrent vert feuille. Il perdit quelques centimètres et un peu de muscle.

— C'est mieux ?

Liz hocha la tête.

— Je ne t'ai pas encore remercié de m'avoir poussée à faire la paix avec mon père. Tu avais raison. Nous avons eu une longue conversation au sujet de Rosa – alors que nous n'avions jamais parlé d'elle depuis sa mort. Je lui ai dit tout ce que j'avais sur le cœur. Je l'ai assuré que je ne finirais pas comme Rosa, et qu'il ne m'arriverait rien de mal.

Adam lui caressa une joue.

Il est si gentil…

Elle prenait l'habitude de compter sur lui plus qu'elle n'aurait dû.

Mais avoir quelqu'un qui la regardait comme Adam comptait beaucoup à ses yeux.

C'était si bon !

Mais moins qu'à l'époque où *Max* la dévisageait ainsi.

A l'époque.

Le Max dont Liz se souvenait n'existait plus.

CHAPITRE VI

Devant le gymnase, Isabel aperçut Alex en compagnie de Steve Lydick, de Doug Highsinger, de Patrick Briscoe et de Josh Martinez.

Impossible que ces quatre-là réagissent à nouveau au charme d'Alex, pensa-t-elle en les rejoignant.

Non, sans doute. Mais ils avaient dû voir qu'Alex fascinait les lycéennes et le jugeaient digne de leur attention.

Elle leva les yeux au ciel.

Ah, les garçons… si prévisibles.

— Isabel ! lança une voix haut perchée dans son dos.

Stacey !

— Si tu songes à rejoindre les garçons, emprunte mon fard à joues. Et ma poudre compacte. Je t'aurais bien proposé mon fond de teint, mais j'en ai besoin.

— Merci…

Isabel ne sut quoi ajouter.

D'habitude, clouer le bec à Stacey, la spécialiste des piques mesquines, était facile.

Mais aujourd'hui, elle a raison. J'ai une mine affreuse…

Elle avait passé un quart d'heure enfermée dans les toilettes à utiliser ses pouvoirs sur son visage, puis dix autres minutes, devant le miroir, à retoucher son maquillage. Mais elle avait toujours sa tête d'*akino* : teint grisâtre, yeux cernés, lèvres gercées…

— Tu ne veux vraiment rien ? insista Stacey.

— J'ai tout ce qu'il me faut, marmonna Isabel.

— Tu n'as pas beaucoup de temps avant le début du match ! lui rappela sa rivale.

Elle s'éloigna de sa démarche sautillante. Stacey n'avait pas le moindre souci en ce bas monde.

Isabel reprit son chemin.

— Salut, les garçons ! Puis-je vous emprunter Alex deux minutes ?

Sans un regard pour les autres, elle prit son ami par un bras et l'entraîna à l'écart.

— Oh… Isabel aussi ? gémit Patrick.

— Que se passe-t-il, Izzy ? demanda Alex quand elle l'invita à s'asseoir près d'elle sur un banc, face au bureau de l'administration.

Isabel le vit suivre des yeux Lucinda Baker, qui passait par là.

— J'ai entendu dire que tu étais sorti avec Stacey…

— Exact.

Lucinda entra dans le gymnase.

— Et alors ?

— Je ne veux pas que tu…

Isabel s'avisa qu'elle réagissait en petite amie jalouse et possessive. Elle se rappela aussi qu'elle avait rompu.

— Tu es trop bien pour Stacey. Tu n'imagines pas toutes les méchancetés qu'elle a pu lancer dans ton dos quand nous sortions ensemble.

Alex éclata de rire.

— Serais-je dans la quatrième dimension ? C'est trop bizarre ! Isabel Evans fait une crise de jalousie parce que je suis sorti avec Stacey !

La jeune fille sentit le rouge lui monter aux joues.

Ça ne doit pas être terrible, avec mon teint actuel…

— Je ne suis pas jalouse !

Alex lui jeta un regard dubitatif.

Le sang d'Isabel commençait à bouillir dans ses veines, mais elle s'efforça de garder un calme olympien.

— Nous sommes toujours amis, Alex. Je voulais te dire que tu pourrais avoir beaucoup mieux que Stacey.

Alex salua joyeusement Maggie McMahon.

— N'y pense même pas ! le prévint Isabel. A moins que tu n'aies envie de porter des vêtements assortis aux siens à longueur d'année.

— Donc, je ne dois pas sortir avec Stacey. Ni avec Maggie. Qui d'autre ?

— Lucinda !

— Et tu prétends que tu n'es pas jalouse ?

— J'aimais être la seule à avoir remarqué quel type épatant tu es… Alors, oui, si tu veux me l'entendre dire, je suis jalouse. Et te voir sortir avec une fille qui ne te mérite pas me ferait mal.

— Maintenant que tu as avoué, à mon tour : je n'ai pas l'intention de ressortir avec Stacey. Elle a autant de cervelle qu'un ver de terre.

Isabel éclata de rire… et eut une quinte de toux.

— Ça va ? demanda Alex…

… les yeux rivés sur sa montre.

Contente de voir que tu t'inquiètes pour moi…

— Oui.

Alex se leva ; Isabel ne l'imita pas. Elle n'avait pas repris son souffle. Et tout son corps était endolori.

— Ne te bile pas, Iz. La fille avec qui je sors dans… (il consulta de nouveau sa montre) … trente-quatre minutes me mérite amplement.

— Et peut-on savoir qui c'est ?

Alex lui fit un grand sourire.

— Une étudiante. Tu peux croire ça ? Alex Manes, avec une étudiante ! Je ne crois pas que mes frères fréquentaient des étudiantes quand ils étaient au lycée.

Au moins, ce n'est pas Stacey, se consola Isabel. *Ou Maggie. Ou Lucinda.*

Imaginer une de ces trois pestes dans les bras d'Alex… Non !

— Il faut que j'y aille. Je ne veux pas être en retard.

— Vas-y ! Et amuse-toi bien.

Elle le regarda s'éloigner, puis se leva. Un regard à la pendule du bureau, dans le couloir du gymnase, la paniqua.

— Il est presque l'heure d'aller sur le terrain !

Elle se hâta de rejoindre les vestiaires pour enfiler sa tenue de pom-pom girl.

— Iz ! lança Corrine Williams quand Isabel fit son entrée. J'ai entendu dire qu'Alex sortait avec une étudiante.

— Nous en parlions il y a cinq minutes. Nous sommes d'accord : à part moi, aucune lycéenne n'est assez bien pour lui.

Tish Okabe, la seule fille de l'équipe des pompom girls dont Isabel se sentait proche, eut l'air blessée.

— Je ne parlais pas de toi, Tish…

Isabel s'assit près de son amie, sur le banc en bois.

— Alors, tu penses que… euh… j'ai mes chances… avec Alex ?

Mais que lui a donc fait ce vortex ?

— Bien sûr, répondit Isabel en ouvrant son casier.

Elle décrocha son sweat-shirt du cintre. Il lui glissa des doigts. Agacée par sa maladresse, elle se baissa pour le ramasser. Et le laissa retomber.

Isabel fit jouer les articulations de sa main droite, tentant de contenir de légers tremblements.

*Combien de temps avant que l'*akino *n'atteigne son seuil critique ?*

Tout en feignant de suivre le match de basketball, Maria jeta un coup d'œil à Michael, assis près d'elle.

Il est toujours bouleversé…

En fait, son état s'était aggravé. Même après

avoir découvert que son frère était un disciple de DuPris, il n'avait pas semblé si mal…

Il s'est passé quelque chose.

A l'évidence… Et le roi du « je peux régler mes problèmes seul » refusait d'en parler !

Maria dut résister à l'envie de le gifler.

Adam gravit les gradins pour les rejoindre, quatre grands verres de soda dans les mains. Maria et Michael en prirent un. Le garçon y ajouta du tabasco – il en avait toujours des sachets sur lui.

— Merci, murmura Maria.

Elle s'aperçut que les doigts d'Adam s'attardaient sur ceux de Liz quand il lui tendit son verre.

Tous avaient remarqué qu'Adam était dingue de Liz. Maria avait compris que son amie y était de moins en moins insensible.

Parfois, elle avait surpris une lueur d'intérêt dans les yeux de Liz.

Maria ne l'en blâmait pas. Adam était un garçon charmant. Mais après tout ce que Liz et Max avaient traversé ensemble, ça paraissait injuste…

Inutile d'y repenser maintenant. Max était une autre paire de manches…

— Qu'est-ce qui ne va pas, chez toi, Lydick ? explosa Michael.

Il ne manque plus que ça, pensa Maria. *Voilà qu'il se défoule comme il peut.*

D'accord, Steve Lydick avait manqué un panier que même sa grand-mère aurait marqué. Mais Michael réagissait comme si cet échec était une offense personnelle.

Maria se rapprocha de son ami et lui posa une main sur le bras.

C'était ça ou le gifler.

Michael ne sembla pas le remarquer, mais ses muscles se détendirent. Le seul genre de réconfort qu'acceptait Michael passait par le contact physique.

Ça ne me pose aucun problème.

Mais elle aurait aimé le toucher d'une façon qu'une simple amitié ne permettait pas.

S'il acceptait de me parler !

Michael n'irait pas mieux tant qu'il refuserait de confier ce qui le rongeait.

La fanfare annonça la mi-temps.

— Allons prendre l'air, Michael.

— Je veux voir Izzy faire son numéro.

Il ne l'avait pas regardée.

Il n'avait pas quitté le terrain des yeux.

— Nous avons le temps, dit Maria. A moins que tu ne tiennes vraiment à réentendre le medley de la fanfare…

— Va prendre l'air si tu veux. Je préfère rester.

Il se dégagea.

Il s'était montré plutôt subtil, feignant de se gratter la tête. Mais Maria n'était pas dupe. Son contact avait irrité Michael.

Peut-être devrais-je bouquiner un de ces livres sur le massage des auras ? pensa-t-elle.

Ainsi, elle aiderait Michael sans qu'il s'en aperçoive.

Inutile de voir les auras pour deviner que celle du jeune homme était en piteux état. Probablement couverte d'un filet violet trahissant la tristesse, avec des stries noires de colère.

— Maria ! cria Liz pour couvrir le tintamarre des cuivres. (Elle se pencha vers son amie.) Je viens de découvrir qu'Adam n'a pas de date de naissance – enfin, tu vois ce que je veux dire… Le Projet Table Rase n'a pas pris la peine de lui en attribuer une. C'est toi le gourou de l'astrologie. De quel signe crois-tu qu'il est ?

Enfin un problème facile à résoudre !

— Comment décrirais-tu Adam, Liz ?

Liz étudia Adam.

Elle devrait détourner les yeux avant qu'il fonde, pensa Maria.

— Intelligent, compréhensif et gentil…

Intéressant.

Liz ne s'amourachait pas d'Adam. Elle l'aimait beaucoup. Pas comme un petit ami potentiel, mais comme un ami, une personne sécurisante, un garçon qui ne lui briserait jamais le cœur.

— J'espère que tu vas réagir, Adam ! fit Michael. Ne laisse jamais une fille dire que tu es gentil. Pour elle, ça signifie que tu n'as pas de…

— Rassure-toi, Michael, coupa Maria. Aucune fille ne dira jamais que tu es gentil.

Elle n'en pensait pas un traître mot. Michael était sans doute un des garçons les plus gentils qu'elle connaissait. Personne ne s'inquiétait plus que lui pour ceux qu'il aimait – même s'il jouait les durs.

— Alors, de quel signe suis-je, à ton avis ? demanda Adam.

— Un garçon doux et rêveur… Poisson, répondit Maria. Maintenant, il te reste à choisir une date entre le 19 février et le 20 mars.

— Quel jour es-tu née, Liz ? demanda Adam.

Michael ricana. Cette fois, Maria lui flanqua une tape sur l'épaule.

— Le 16 mai.

Liz retira l'élastique de sa queue-de-cheval et libéra ses cheveux.

— Ma date de naissance sera le 16 mars, annonça Adam.

Maria lança un regard d'avertissement à Michael, qui leva les yeux au ciel.

— Quelle surprise ! murmura-t-il.

Pas assez fort pour qu'Adam l'entende.

— Aucun doute là-dessus, tu es un Sagittaire, chuchota Maria. Pas une once de tact !

— Tu ne sais pas quand je suis censé être né !

— Le 20 décembre.

Il la regarda, attendant une explication.

— C'est la date que les services sociaux ont choisie pour toi.

— Et comment le sais-tu ?

— J'ai posé la question à Max, avoua-t-elle, se sentant stupide.

Michael leva un sourcil, puis eut un sourire suffisant.

Maria crut qu'elle allait le gifler pour de bon. Mais la fanfare cessa et les pom-pom girls entrèrent sur le terrain de basket-ball.

— Vas-y, Isabel ! cria Maria, applaudissant à tout rompre.

Les pom-pom girls se lancèrent dans une de leurs nouvelles chorégraphies. Un mélange de spectacle dansé et de démonstration de gymnastique.

Isabel était parfaite. Elle exécuta un double flip arrière qui laissa l'assistance sans voix.

Maria s'aperçut que la figure acrobatique avait épuisé Isabel. La « luminosité de déesse » qui caractérisait son amie semblait envolée.

Passant un bras derrière Adam, Maria tapota l'épaule de Liz.

— Isabel te paraît dans sa forme éblouissante habituelle ?

Les pom-pom girls formaient une pyramide.

Liz ne répondit pas, les yeux rivés sur le spectacle.

Maria tourna la tête.

En haut de la pyramide, Isabel chancelait.

Maria prit la main de Michael, retenant son souffle. Le gymnase était étrangement silencieux.

Isabel leva les bras et sourit.

Tout va bien, pensa Maria.

Mais son amie tituba et s'écroula.

CHAPITRE VII

— Je ne me répéterai plus, alors écoutez bien : tout est la faute de Stacey. Elle n'était pas d'aplomb sur ses jambes, comment vouliez-vous que je le sois sur les miennes ?

Isabel tira sur une petite peau morte, à sa lèvre inférieure, et l'arracha. Une gouttelette de sang perla.

Dans l'appartement du musée, Michael, Adam, Liz et Maria la regardaient, incrédules.

Max aussi refusait d'avaler ce genre de couleuvre.

— Je ne suis pas blessée, fichez-moi la paix !

Isabel se passa la langue sur les lèvres, léchant la goutte de sang.

La conscience collective posa une question à Max sur le dessin animé qui passait à la télévision, le son coupé. Il l'ignora. Pour le moment, il devait se concentrer sur sa sœur.

— Tu n'es pas blessée, parfait, dit-il. Mais quelle explication as-tu pour le reste ? Regarde-toi ! Tu es pâle à faire peur, les lèvres gercées…

— On croirait entendre Michael ! gémit Isabel.

Max lança un regard noir à son meilleur ami.

— Sais-tu quelque chose ?

Michael ne dit rien. Inutile : son aura le trahissait. Les filaments jaunes de la peur sillonnaient le rouge foncé. Une réaction éloquente.

J'aurais dû le remarquer à mon arrivée, pensa Max.

Pire, il n'aurait pas dû devoir étudier l'aura de Michael pour comprendre. Un coup d'œil à Isabel aurait normalement suffi.

— Tu traverses ton *akino*…, comprit-il.

— Ça ne te regarde pas ! Le sujet n'est pas ouvert à la discussion.

Max pensa qu'il n'était pas trop tard pour intervenir. Il se campa devant sa sœur et voulut l'aider à se relever.

— Rentrons. Je te donnerai les cristaux de communication et tu te connecteras.

Isabel se dégagea. Ses yeux lançaient des éclairs.

— Non.

Un simple « non ». Mais les fines bandes argentées qui quadrillaient son aura signifiaient que Max ne la ferait pas changer d'avis.

Il regarda l'écran de télévision. La conscience collective cherchait à le détourner d'Isabel pour voir le dessin animé. Ses membres en mouraient d'envie.

Pas maintenant !

— Izzy, si tu ne…

Ses yeux se tournèrent vers la télévision. Il cessa de lutter et laissa les entités regarder le dessin animé pendant qu'il parlait à sa sœur.

— Si tu n'établis pas de connexion avec la conscience collective, tu mourras. Ça a failli m'arriver. J'étais dans le tunnel de lumière… Quelques secondes de plus et je serais parti pour toujours.

Liz prit la télécommande et éteignit le poste de télévision.

— Merci, dit Max.

Elle ne répondit pas.

Et ne le regarda pas.

— Il a peut-être raison, dit Michael.

— Peut-être ? explosa Max. Il n'y a pas de « peut-être » qui tienne !

— Hé, Trevor a dit…

— Trevor ? Tu parles du type qui voulait ma

peau ? C'est à lui… (Un autre groupe d'entités lui demanda quelle odeur émanait d'Adam. Il ignora leur question.) C'est aux dires de cet individu que tu fais aveuglément confiance ?

— Et qui écoutons-nous en cet instant, Max ? demanda Isabel. Toi ou les milliards de voix qui parlent dans ta tête ?

— Ah, non ! Ne recommencez pas avec ça ! Vous vous êtes fourré dans le crâne que je n'étais plus *moi* sous prétexte que je suis connecté à la conscience collective !

— C'est la vérité, Max, souffla Isabel, les larmes aux yeux. Mon frère n'aurait *jamais* regardé un dessin animé en évoquant ma mort prochaine !

— Elle a raison, renchérit Liz, recroquevillée sur son siège. Tu es… *étais*… la personne la plus aimante et attentionnée que je connaisse. Tu ne passais pas à côté d'une souris de laboratoire sans vouloir la soulager. Te rappelles-tu le jour où tu as guéri Fred ?

Cette fois, elle croisa son regard.

— Celui où je suis tombée amoureuse de toi.

Les êtres interrogèrent de nouveau Max sur l'odeur d'Adam – avec une insistance douloureuse.

— Adam, à quel parfum est ton chewing-gum ? demanda-t-il.

— Un mélange banane-cannelle…

— As-tu conscience de ce que tu dis, Max ? explosa Michael. La vie d'Isabel est en jeu, et toi, tu ne trouves rien de mieux que parler chewing-gum !

Max ferma les yeux pour bloquer autant de sensations que possible et ne plus éveiller la curiosité de la conscience collective.

— J'ignore ce que voulait dire Trevor en affirmant qu'on peut survivre à l'*akino* sans la conscience collective. Mais *je* suis passé par là. Alors, je le répète. *On ne peut pas y survivre sans se connecter !*

— J'étais à ton chevet quand… nous avons cru que tout était fini, intervint Maria. (Elle regarda ses amis.) Nous ne pensions pas que Max *allait* mourir… A nos yeux, il *était* mort. Il ne respirait plus.

Max regarda brièvement Isabel.

— Tu entends ça, Izzy ?

Il referma les yeux pour ne pas céder à la tentation de triturer la housse en plastique d'une chaise éventrée. Certains êtres brûlaient d'envie de connaître sa texture.

— Si je dois choisir entre mourir et devenir comme Max, je préfère la mort ! cria Isabel.

— Ne dis pas ça, Iz ! implora Maria.

— Etre connecté ne me paraît pas si terrible,

fit Adam, jouant la carte de la neutralité. Au moins, tu ne seras plus seule.

— Mais je serai une marionnette ! Et tu sais ce que c'est, pas vrai, Adam ? Tu étais le pantin de DuPris quand il a décidé de tuer Valenti…

— Ce n'est pas pareil ! dit Max. La conscience collective ne m'a jamais poussé à tuer. Elle ne…

— Elle a failli faire de toi son instrument, rappela Liz, pour assassiner DuPris. Si tu n'es pas tout le temps une marionnette entre ses mains, elle tire les ficelles chaque fois que ça l'arrange !

— Isabel, il faut que tu te connectes, insista Maria.

Entrouvrant les yeux, Max la vit prendre sa sœur dans ses bras.

— Je ne veux pas perdre mon *amsœur* !

— C'est quoi, une *amsœur* ? demanda Adam.

— C'est plus qu'une amie, presque une sœur, et ça sonne comme « âme sœur », répondit Liz en se levant.

Elle serra les deux autres jeunes filles contre elle.

— Ecoute-les, Isabel ! supplia Max.

— Si je me connecte, vous me perdrez de toute façon, dit Isabel. Si je prends le risque de traverser mon *akino* sans établir la connexion, il n'est pas *certain* que j'en meure. Et dans ce cas, il me restera ma vie !

— Je ne suis pas *mort* ! explosa Max.

Il ne supportait plus que sa sœur parle de lui ainsi. A l'entendre, on aurait cru qu'il s'était suicidé !

Il bondit, écarta Liz et Maria, et prit les mains de sa sœur dans les siennes.

— Que veux-tu ? cria Isabel.

— Te montrer ce qu'est la conscience collective ! Comprends enfin que tu n'as rien à craindre !

Isabel essaya de se dégager. En vain. Max ne la laisserait pas lui échapper.

Jamais.

Des images venues du cerveau d'Isabel explosèrent dans celui de Max.

Une capsule d'incubation argentée à la paroi déchirée.

Un garçon à moto.

Une créature moitié shérif Valenti, moitié loup.

Max, les yeux vides et la bouche entrouverte…

Puis le cœur d'Isabel battit dans son corps. *Leur* corps. Chaque inspiration gonflait *leurs* poumons.

Aussi lentement que possible, Max s'immergea dans l'océan d'auras.

La panique faillit submerger Isabel quand ils furent entourés par d'innombrables entités.

Leur cœur eut un raté… puis s'emballa.

La connexion avec Isabel cessa. Affolé, Max voulut retenir sa sœur.

Sans y parvenir.

— Impossible de décrire ce que j'ai ressenti, avoua Isabel.

Elle resserra frileusement sa couette sur ses épaules. Et Michael trouvait qu'il faisait trop chaud dans la chambre…

— J'ai cru que j'allais me… dissoudre. (Ses iris avaient presque disparu, dévorés par ses pupilles.) Ou qu'on… m'absorbait. Ensuite, j'ai dû m'évanouir.

Des éclairs jaunes zébraient son aura. Quand elle jeta un coup d'œil aux cristaux de communication, sur sa table de chevet, le halo jaunit entièrement.

— Je me serais probablement évanoui, moi aussi, assura Michael.

Il se massa la nuque… Ses cheveux avaient une fâcheuse tendance à se redresser tout seuls.

Ce qu'elle décrivait évoquait pour lui une seule chose : la mort. N'était-ce pas censé être cela – une perte totale du contrôle de soi ?

On frappa et Max entra. Embarrassé, il s'arrêta au pied du lit.

— Je viens m'assurer que ça va.

— Tu aurais dû t'en inquiéter avant de me forcer à participer à ta connexion !

— J'ignorais que ça te donnerait l'impression de…

— … *mourir ?* coupa-t-elle.

Max prit un chaton en cristal, sur la commode, et le fit tourner entre ses doigts.

— La plupart du temps, pour moi, la conscience collective est un océan tropical, qui m'emporte au gré de ses courants. Parfois, je rencontre une zone moins accueillante – un contre-courant, si tu préfères. Mais en règle générale…

Il porta le chaton à sa bouche et lui lécha une oreille.

Michael en eut la nausée.

— J'ai cru que tu verrais qu'il n'y a aucune raison d'avoir peur.

— Que fais-tu avec cet objet ? demanda Michael, incapable de se contenir.

Max fronça les sourcils.

— Je le regarde. C'est interdit ?

— Tu le *léchais*, l'informa Michael, écœuré.

Son meilleur ami devenait décidément bizarre.

Max posa le chaton sans fournir d'explication.

— Laisse-moi deviner, fit Isabel. Certains êtres voulaient savoir quel goût a un chaton en cristal ?

— Je venais m'assurer que tu allais bien,

répéta Max. Tu devrais utiliser les cristaux, Iz, avant que la douleur devienne intolérable.

Il regarda Isabel, Michael… et se raidit soudain. Tournant les talons, il sortit et referma derrière lui.

Il a peur de léchouiller d'autres objets, un truc qui déstabiliserait définitivement Isabel, pensa Michael.

— J'ai l'impression de ne plus avoir de frère, murmura Isabel, le regard rivé sur la porte.

Non, n'y pense pas !

S'il réfléchissait à ce qu'était devenu Max, il risquait de perdre les pédales. Il devait se concentrer sur Isabel.

Rien que sur elle.

— Tu sais, si… *quand*… je serai trop faible pour l'en empêcher, il tentera de me forcer à tenir les cristaux.

Sa voix était celle d'une enfant effrayée.

— Il m'obligera à établir la connexion. Maria et Liz lui prêteront peut-être main-forte. Alex aussi – s'il trouve un moment, puisqu'il s'est juré de séduire toutes les filles de l'Etat…

Elle ne quittait pas la porte des yeux.

Michael lui prit le menton.

— Je ne laisserai personne t'obliger à quoi que ce soit, tu m'entends ? Pas même ton frère.

Avait-il raison de la soutenir alors qu'elle risquait la mort ?

En tout cas, elle avait besoin de quelqu'un à ses côtés. *De son côté.* Un garçon capable d'aller en enfer pour elle…

Qu'il ait raison ou tort, il traverserait cette épreuve avec elle.

— J'ignore si tu seras en mesure de l'arrêter, dit Isabel. Surtout s'il convainc les autres. A moins que…

Son expression changea. Elle redevenait enfin l'Isabel qu'il aimait.

Elle s'assit au bord du lit.

— A moins que nous ne partions. Maintenant.

— Tu es sûre ?

— Oui. Si Max ne sait pas où je suis, il ne pourra pas me forcer la main.

CHAPITRE VIII

Dès que Trevor rompit sa connexion avec DuPris, la bile lui remonta à la gorge. Il respira à fond, luttant contre le dégoût.

Des sacrifices nécessaires…

Il inspira de nouveau, expira… puis s'aperçut que DuPris l'observait avec un mélange d'amusement et de condescendance.

— J'ai encore du mal à contrôler les réactions de mon corps humain…, grommela le jeune homme.

— Les humains ont tendance à la sensiblerie, fit DuPris. Dans un épisode de *Laverne et Shirley*, Laverne n'adresse plus la parole à Shirley sous prétexte qu'elle s'est montrée trop amicale avec son petit ami.

— Euh… je ne crois pas avoir vu cet épisode.

— Je l'ai en cassette. (DuPris ramassa la Pierre de Minuit bleu et vert posée sur la table basse.) Elle aura bientôt retrouvé sa puissance. Plus tôt que je n'osais l'espérer. Encore deux séances et nous serons prêts.

Deux séances, pensa Trevor. *Il faudra que tu le supportes…*

Il essuya discrètement ses paumes moites sur son jean. Des dizaines de membres de la Fraternité…

… Non, des centaines…

… avaient désespérément désiré rejoindre DuPris sur la Terre, pour aider le chef de la rébellion. Ayant de la famille sur cette planète, Trevor avait été désigné. Et il était déterminé à prouver sa valeur.

Son destin était tout tracé… Il serait un des principaux instruments de la destruction de la conscience collective. Il achèverait la croisade entreprise par ses parents…

— Je vais travailler sur le vaisseau, dit DuPris.

Il se téléporta sans attendre de réponse, présumant à raison que le jeune homme le suivrait.

Trevor se concentra sur l'entrepôt désert où

était caché le vaisseau spatial et laissa les molécules de son corps se disperser…

Quand il se rematérialisa, DuPris avait commencé à réparer une des sections endommagées du navire. Trevor choisit une déchirure, à l'extrémité opposée de la coque, et se mit au travail.

La proximité de DuPris le mettait mal à l'aise. Le chef de la rébellion analysait ses paroles et ses gestes… A l'évidence, il ne le trouvait pas à la hauteur.

Trevor posa les mains sur la déchirure et força les molécules à reprendre leur place initiale. Le métal, très adaptable, passait de l'état solide à l'état liquide avec un minimum de dépense énergétique. Cette souplesse lui donnait une grande résistance.

Remettre le vaisseau en état aurait dû être une formalité.

Mais les molécules de métal contenaient un code d'accès : l'appartenance à la conscience collective… Tout être qui n'en faisait pas partie avait du mal à les manipuler.

Trevor fit le vide dans son esprit. Il ne devait plus penser à Michael, à ses parents, à DuPris… A personne.

Les molécules lui apparurent lentement. Il les vit vibrer, le métal étant en réalité composé de milliards d'entités.

Trevor en choisit une et l'analysa, à la recherche d'une faille qui lui apprendrait si elle était codée et comment. Il examina la charge électrique qui liait chaque atome aux autres.

Tout lui parut normal. Il passa à la molécule suivante, étudia ses atomes, leurs protons, leurs électrons, leurs neutrons et leurs quarks. Rien à signaler.

Suivante…

Normale.

Suivante…

Normale.

Trevor s'énerva. Examiner une à une les molécules lui prendrait une éternité !

Il se força au calme. Si son attention se relâchait, il risquait de manquer la molécule codée.

Il retourna à son travail.

Normale. Normale. Normale. Normale…

Une douleur sourde lui vrilla le crâne. Trevor l'ignora.

Normale. Normale. Normale…

La douleur augmenta.

Il jeta un coup d'œil à DuPris. Le chef de la rébellion se concentrait sur le vaisseau.

S'il s'arrête, tu feras de même. Pas avant !

Normale. Normale…

Il serra les dents.

Normale. Normale. Normale…

— Tu peux faire une pause si tu veux ! lança DuPris.

Trevor vit son chef s'allonger sur le sol de l'entrepôt.

Ses doigts tremblaient de fatigue quand il les retira du métal. A son tour, il s'étendit sur le dos. La douleur redevint supportable.

— Ne pourrions-nous utiliser la Pierre de Minuit pour nous faciliter la tâche ?

DuPris ne répondit pas. La froideur de ses yeux verts apprit à Trevor que toute suggestion serait malvenue.

Il soutint son regard. Il ne voulait pas que le chef le prenne pour un faible.

— Quand la deuxième Pierre de Minuit sera rechargée et le vaisseau réparé, tu retourneras sur notre planète avec la pierre, annonça DuPris.

J'ai échoué, pensa Trevor. *Me voyant incapable de contrôler mes émotions, il a décidé qu'il ne voulait pas…*

— Tu formeras un commando avec des membres de la Fraternité.

Soulagé, Trevor comprit que DuPris entendait toujours lui donner un rôle dans la rébellion.

— Le commando t'escortera dans la chambre du Consortium où est gardée la troisième Pierre de Minuit, continua DuPris. Tu ordonneras aux combattants de la liberté de tuer tous ceux qui se dresseront sur ton chemin. Peu importe combien de soldats périront au cours de cette mission. Ils devront impérativement te permettre d'accéder à la chambre du Consortium.

— Mais c'est un suicide ! explosa Trevor.

Ce plan coûterait des milliers de morts.

— N'y a-t-il pas… de solution plus…

— Tu obéiras. Et les autres aussi !

Trevor s'en voulait à mort. Pourquoi ne gardait-il pas ses pensées stupides pour lui ?

Il se leva.

— Oui, chef !

Il se remit au travail, décidé à traiter la douleur par le mépris.

Il posa les mains sur le métal, désireux de prouver à DuPris sa bonne volonté.

Mener des milliers de tes semblables à une mort certaine !

Cette pensée éclata dans son esprit.

Si c'est le sacrifice qu'il faut consentir pour nous libérer de la conscience collective, nous le ferons !

Soudain, DuPris sifflota.

— Siffle avec moi, Trevor.

Le jeune disciple ne se retourna pas, les yeux rivés sur la coque.

— Je ne connais pas cet air.

— C'est le thème du *Andy Griffith Show*, précisa DuPris. Une des meilleures musiques de ce genre… Après celle de *Gilligan's Island*.

Une minute plus tôt, DuPris planifiait la mort de milliers de ses semblables. Maintenant…

… il sifflotait gaiement ?

Quel genre de créature pouvait… ?

Trevor étouffa cette pensée.

Liz entendit son père ralentir, puis hésiter en arrivant devant sa chambre. Elle sourit quand il continua sans avoir vérifié si elle était là…

Il déployait beaucoup d'efforts pour lui démontrer qu'il faisait la différence entre Rosa et elle… Il ne craignait plus de la voir succomber à une overdose, comme sa sœur.

Elle remonta ses couvertures. Avant que le bruit de pas la réveille, elle rêvait… Quelque chose à propos de Maria et de la piscine municipale… ?

Non, il y avait davantage…

Adam n'y figurait pas – elle en était certaine. Et ça la décevait.

De temps en temps, le jeune homme se glissait dans ses rêves, et tout devenait…

Ces rencontres avec lui, loin du groupe, loin du monde réel, étaient magiques.

Liz regarda le téléphone, sur sa table de nuit. Elle pouvait appeler Adam et l'inviter à venir dans ses rêves. Elle ne l'avait jamais fait… mais c'était une possibilité.

Sauf que ça l'encouragerait à espérer… Il souhaitait ardemment avoir une liaison avec elle. Ça crevait les yeux !

— Je ne veux pas qu'il se fasse des illusions…, murmura-t-elle.

Alors pourquoi restait-elle allongée dans le noir, à penser à lui ?

Quoi de mal à vouloir passer du temps avec Adam ? S'amuser est très sain, après tout. Et il n'y a plus grand-chose d'amusant dans nos vies…

Pourquoi en faire un drame ? Si elle l'invitait dans ses rêves, ça ne signifiait pas qu'elle voulait devenir sa petite amie. A condition de rester dans les limites de l'amitié, Adam ne se méprendrait pas sur ses intentions.

Liz prit le téléphone et composa le numéro de Michael et d'Adam, espérant que ce dernier décrocherait. Elle sourit en entendant sa voix :

— Allô ?

— C'est Liz. Veux-tu t'amuser avec moi ? Me rencontrer dans le plan des rêves ?

Un silence à l'autre bout du fil. Les paumes de Liz devinrent moites.

— Tu n'es pas obligé, bien sûr !

— Non ! Je veux bien ! Rendors-toi. Je viens.

Il raccrocha.

Liz s'installa confortablement, tapotant son oreiller. Peu après, elle se sentit dériver et glissa dans le sommeil.

Elle se retrouva au labo de science, pendant une expérience.

— Rêves-tu souvent de l'école ? demanda Adam.

Il était derrière elle.

Elle se retourna, sourire aux lèvres.

— Au moins, je ne rêve pas que je passe un examen toute nue !

Adam s'empourpra.

— Alors ? Allons-nous nous transformer en poissons rouges ? C'était follement amusant !

— Nous ferons tout ce que tu voudras. Qu'est-ce qui te plairait ?

— Je peux choisir n'importe quoi ? C'est difficile, il y a tellement de choses…

— Quelle est ta couleur préférée ? demanda Adam.

— Le vert émeraude.

Celle de l'aura de Max.

— Non, le rose !

Le labo se para de toutes les gammes de rose imaginables. Fuchsia. Framboise. Cerise. Fraise. Chewing-gum. Rose pétale. Rose layette. Rose bonbon…

Seuls Liz et Adam avaient gardé leurs couleurs.

— On dirait que nous sommes dans... une bouteille de roses !

Adam sourit.

— Une remarque très scientifique ! Maintenant, ton parfum favori ?

— La menthe.

Adam ramassa le stylo qui traînait sur la paillasse et le lui tendit.

— Goûte.

Liz obéit. Le parfum doux et fort de la menthe l'envahit. Elle souleva le premier vase à bec à sa portée et goûta le liquide rose layette qu'il contenait.

— Miam !

— Très bien. Je sais qu'un labo est l'endroit au monde où tu te sens le mieux. Mais choisis-en un autre. Un où tu as toujours rêvé d'aller !

Les yeux vert feuille d'Adam tranchaient sur tout ce rose.

— Une grande ville. Aussi différente de Roswell que possible.

Histoire de mieux réfléchir, Liz prit une autre gorgée de liquide à la menthe.

— New York ! décida-t-elle. Au sommet de l'Empire State Building !

Aussitôt dit, aussitôt fait !

Liz regarda les gratte-ciel rose fuchsia, si hauts qu'ils donnaient l'impression de tutoyer les nuages rose bonbon.

— Ce bâtiment, là... C'est le Chrysler Building, dit Liz.

— Tu me prends pour un type qui a grandi dans un complexe souterrain, ou quoi ? plaisanta Adam. Grâce à Internet, je me suis documenté sur New York.

— Il manque les gens, dit Liz, penchée pardessus la rambarde.

— Avec nous ? demanda Adam, déçu.

— Non, en bas ! Des gens gros comme des fourmis, aussi affairés qu'elles...

Soudain, de minuscules silhouettes roses grouillèrent dans les rues, un attaché-case rose à la main.

— Tout ce rose me donne le vertige, dit Liz.

Aussitôt, le monde devint bleu. Bleu marine. Bleu ciel. Myrtille. Turquoise. Cobalt...

— C'est mieux ? demanda Adam.

Sans lui laisser le temps de répondre, il passa à la palette des jaunes.

— Trop lumineux ! cria Liz.

Adam donna instantanément au monde une couleur noire veloutée. Quelques étoiles apparurent dans le ciel. Puis la lune. Pleine. Les gratte-ciel scintillaient sous sa lumière argentée.

— C'est magnifique, souffla Liz. Vraiment parfait, Adam !

— Non, pas encore…

Elle comprit qu'il voulait l'embrasser.

Elle aussi en avait terriblement envie. Ils étaient seuls dans un décor ultra-romantique… Ce serait la chose la plus naturelle au monde.

Liz dévisagea son chevalier servant… et comprit que ce n'était pas seulement une question d'ambiance romantique.

Adam, si doux et si gentil, dont la ferveur muette lui donnait l'impression d'être la huitième merveille du monde…

Mais aussi romantique que soit cet endroit, et aussi séduisant que soit Adam, ce n'était pas le bon moment.

— C'est absolument parfait tel quel, dit Liz en se détournant. Merci, Adam.

CHAPITRE IX

— Je pensais être le dernier, dit Max en prenant place à leur table habituelle, dans la cafétéria du lycée. Certains membres de la conscience collective voulaient…

Il s'arrêta en voyant l'expression de Liz.

— Où est Alex ? demanda-t-il, changeant judicieusement de sujet.

— Ici… à la cafétéria… mais pas *ici*, dit Maria.

Avec un sourire compatissant, elle dévisagea Max pour… Pour quoi, au juste ?

Il l'ignorait.

Sans doute pour trouver un signe qui prouve que je ne suis plus moi.

Max sonda la salle et faillit rater Alex, cerné par une meute de filles en mode « flirt ».

— Je vois…

Il posa son sac à dos sur une chaise.

Maria ricana.

— Oui, nous voyons à quel point il aime se comporter comme le dernier des crétins. C'est ça, sa façon de nous remercier ? Que je sache, aucune de ces filles ne l'a ramené d'une lointaine planète !

— Nous non plus, rappela Max.

— Ce n'était pas faute d'essayer !

Maria ouvrit une boîte à pilules et en sortit deux gélules de son cocktail de vitamines maison.

— Et il…

— Il s'amuse, c'est tout, coupa Liz. Qu'y a-t-il de mal à ça ?

— Oh, rien, si ce n'est que nous avons un gros problème, répondit Maria en avalant ses vitamines. Et il devrait nous aider à le résoudre.

— Comment va Isabel, Max ? demanda Liz.

Le garçon en eut des palpitations.

Elle lui parlait.

Elle le regardait en face.

— Je suis le dernier à qui il faut poser cette question.

Dieu, j'ai vraiment envenimé les choses entre Izzy et moi…

La contraindre à partager sa connexion avec la conscience collective avait été une terrible erreur. Pourtant, il avait voulu lui sauver la vie…

Il sortit sa boîte à déjeuner de son sac à dos.

Certains membres de la conscience collective réclamaient un AstroNut. Ils étaient devenus accros à cette friandise.

Max tira de son sac la barre chocolatée et les sachets de moutarde. Puis il en badigeonna vivement l'AstroNut.

— Pensez-vous qu'Isabel a convaincu Michael d'aller manger des tacos ? demanda-t-il. Ils ne doivent avoir aucune envie de déjeuner avec moi, en ce moment…

Isabel et Michael agissaient comme s'il était devenu leur ennemi.

Quant à Liz…

Les entités voulaient l'AstroNut *maintenant* ! Obéissant, Max mordit la barre chocolatée et savoura la multitude d'arômes qui explosèrent sur ses papilles gustatives.

Quand il eut réussi à avaler sa bouchée et à baisser le volume des émissions de la conscience collective, il s'avisa que Liz et Maria le regardaient fixement.

— Quoi ?

— Nous te disions que nous n'avons pas vu

Isabel ou Michael de la journée ! répéta Liz. Et toi ? Les as-tu vus ?

— Non…

Que Michael sèche les cours n'avait rien d'inhabituel. Pour Isabel, c'était une première. Une reine devait donner toutes les occasions à ses sujets de l'admirer et de l'adorer…

Où sont-ils ? se demanda Max.

Glacé d'appréhension, il jeta un coup d'œil à l'horloge murale. Avant la reprise des cours, il avait le temps de faire un tour dans les endroits où Isabel et Michael allaient souvent.

Il rassembla ses affaires et se leva.

Il se tramait quelque chose. Il devait…

Mais le volume des émissions de la conscience collective monta. Les entités réclamaient leur AstroNut à cor et à cri. Max se rassit et prit une autre bouchée.

Quand Adam ouvrit et découvrit Liz sur le seuil, son cœur bondit dans sa poitrine.

— As-tu aperçu Isabel ou Michael, aujourd'hui ? demanda-t-elle. On ne les a pas revus au lycée de la journée.

Liz était-elle vraiment là pour ça ? Ou avait-elle envie de le voir ? Après tout, il lui aurait suffi de passer un coup de fil. Alors…

— Adam ?

— Non… Michael n'est pas rentré hier soir.

Il s'écarta pour laisser entrer son amie.

— *Quoi ?* (Elle franchit machinalement le seuil.) Pourquoi n'as-tu prévenu personne ?

— Il lui arrive de découcher. Je ne pensais pas… (Il se tut en mesurant le trouble de sa visiteuse.) Désolé. C'était vraiment stupide de ma part.

— Non… Tu ne pouvais pas savoir. Si quelqu'un s'est comporté de manière stupide, c'est Max. Il ne se rappelle même pas si Isabel était à la maison ce matin, avant qu'il parte au lycée !

Des taches écarlates et des éclairs sombres brouillèrent son aura, les unes exprimant la colère, les autres la tristesse.

Adam savait à quoi s'en tenir. Une fois de plus, le comportement inhabituel de Max la blessait. Quoi qu'elle en pense, elle était toujours amoureuse de lui.

En avait-elle conscience ?

Tu ferais bien de te fourrer ça dans le crâne une fois pour toutes !

Il devait être dingue pour croire qu'un monstre comme lui avait une chance de séduire Liz…

— Que penses-tu que Michael et Isabel… ?

Des coups frappés à la porte les interrompirent.

Liz sursauta.

Adam ouvrit ; Kyle Valenti entra sans attendre d'y être invité.

— Je veux qu'on me dise où est DuPris ! exigea-t-il, les poings sur les hanches. Dès que je le saurai, je lui en ferai baver !

— Rentre chez toi, Kyle ! répondit Liz. Et ne pense pas à traquer DuPris. Il est plus dangereux que…

— Il a tué mon père ! Pas question de rester sans rien faire. Maintenant, parlez !

— Nous ne savons pas où il est, dit la jeune fille.

Adam était heureux que Liz se charge de Kyle. Le fils du shérif était intimidant, surtout dans cet état d'esprit.

Il croisa les bras.

— Vous ne savez pas… Parfait. Regardez par la fenêtre. Ça vous rafraîchira la mémoire.

Liz se précipita, Adam sur les talons. Une petite foule se massait sur le parking du musée. Dont deux individus armés de caméras.

— Des journalistes…, souffla Liz.

— Exact ! dit Kyle. Sois raisonnable. Parle, ou je descends raconter tout ce que je sais à la presse ! (Il désigna Adam.) En commençant par celui-là… Nos amis les journalistes auront des tas de questions à lui poser…

Michael saurait quoi faire, pensa Adam. *Il forcerait Kyle à ravaler ses menaces…*

Lui ne pensait qu'à une chose : si ces gens apprenaient qui il était, il se retrouverait enfermé dans un autre complexe souterrain, quelque part…

Et cette perspective le paralysait.

— Ça, pour une coïncidence ! Tu sais quoi, Kyle ? Adam me disait justement qu'il a très envie de passer à la télé.

Liz prit la main d'Adam, qui ne s'en aperçut pas. D'habitude, dès qu'elle le touchait, il était bouleversé.

Cette fois, il semblait… engourdi.

— Viens, Adam. Allons faire de toi une star ! Je parie que tu décrocheras un supercontrat publicitaire ! Je te verrais bien en train de vanter les mérites d'un grille-pain. Qu'en dis-tu ?

Elle lui serra la main, histoire de le rassurer. Cela le ramena un peu sur terre.

— Génial… Allons-y…

Les journalistes le terrifiaient, mais il avait confiance en Liz.

— Vous bluffez ! cria Kyle.

Liz se dirigea vers la porte d'entrée, entraînant Adam. Il la suivit dehors et ils descendirent l'escalier.

Au pied des marches, Adam réussit à sourire quand les caméras se braquèrent sur eux.

— Ce type est un de ceux dont je vous ai parlé ! brailla Kyle dans leur dos en dévalant l'escalier. C'est un extraterrestre ! Et il y en a trois autres comme lui…

— Vous venez d'Albuquerque, n'est-ce pas ? demanda Liz.

Elle sait ce qu'elle fait, comprit Adam. *Ne t'avise pas de flipper devant ces journalistes. Ça les rendrait soupçonneux…*

Oui, mais résister à l'envie de prendre ses jambes à son cou n'était pas si facile que ça.

— En effet, répondit un reporter.

— Vous ne pouviez pas être de Roswell. Ici, tout le monde sait…

Elle feignit d'hésiter, jetant un coup d'œil à Kyle.

— Tout le monde sait quoi ? demanda le type.

— Elle va essayer de vous avoir avec des mensonges ! cria Kyle.

Liz se pencha vers le journaliste.

— C'est Kyle *Valenti*. Ce nom ne vous dit rien ? Le fils du précédent shérif de Roswell…

— Celui qui a disparu ?

— Oui. Kyle croit dur comme fer que son père a été tué par un extraterrestre. (Elle baissa la voix.) Quelle tristesse… Le pauvre garçon a subi tant d'épreuves.

— Quoi ? brailla Kyle. (Il s'interposa entre Liz et le journaliste.) Que vous a-t-elle dit ?

— Elle m'a fourni des informations très utiles.

Adam se détendit.

Il eut un *vrai* sourire quand les reporters tournèrent les talons et retournèrent vers leurs camionnettes.

— Où allez-vous ? cria Kyle. (Il se planta devant Liz, le regard fou.) Que leur as-tu raconté ?

— La vérité.

Lui tournant le dos, elle regagna le musée. Adam la suivit de bon cœur.

— Tu es sensationnelle ! souffla-t-il.

— Je sais, répondit Liz. Une véritable malédiction !

Max toucha le pan d'un des chemisiers en soie d'Isabel pour permettre aux entités que ça intéressait d'apprécier sa texture. C'était doux. Souple. Un textile obtenu grâce à la substance sécrétée par des vers.

Une soudaine colère fit trembler Max. Des êtres très énervés repoussèrent les entités curieuses avant de bombarder le jeune homme de questions.

Où est la deuxième Pierre de Minuit ?

Où est le traître ?

Submergé par ces émotions, Max tomba à genoux. Il n'avait aucune défense contre ce genre d'agression… L'air qu'il respirait lui brûlait les poumons.

La Pierre de Minuit ! La Pierre de Minuit ! La Pierre…

Ces mots étaient autant de fers rouges qui marquaient sa chair.

Tu dois la retrouver !

Détruire le traître !

Des cloques lui couvrirent les bras. L'une d'elles éclata. Le liquide frais qui s'en échappa fit monter des larmes de soulagement aux yeux de Max.

Tu dois anéantir le traître !

Récupérer la Pierre de Minuit !

— Arrêtez ! cria Max, ignorant s'il parlait ou formait des pensées et les projetait dans l'océan d'auras. Vous allez me tuer !

La colère diminua un peu.

Max en profita pour baisser au maximum les émissions de la conscience collective. Il jeta toute sa volonté dans la bataille.

Tête basse, il resta longtemps assis dans la chambre d'Isabel, sans réaction.

Tout va bien…

Il se força à rouvrir les yeux pour étudier ses bras.

Tu vois ? Pas de cloque. Pas trace d'échauffement.

La sensation avait été si forte qu'il avait peine à croire à la réalité.

Il se releva.

— Pourquoi suis-je planté devant le placard d'Izzy ?

Alors, il se souvint. Certains esprits avaient voulu connaître la texture de la soie…

Eh bien, ils attendront !

Pas question de remonter le volume de la connexion.

Max tournait les talons, décidé à quitter la chambre de sa sœur, quand il se souvint de la raison de sa venue… Vérifier s'il ne manquait pas des vêtements dans le placard. Depuis le déjeuner, il redoutait que Michael et Isabel ne se soient enfuis. Il devait en avoir le cœur net.

Rien n'aurait dû être plus important. Mais une fois de plus, la conscience collective l'avait manipulé comme une marionnette.

Max passa les cintres en revue.

Pourquoi fallait-il qu'Isabel ait tant de vêtements ? Comment savoir si quelque chose manquait ? Il aurait fallu qu'elle prenne trois mois de tenues de rechange pour qu'il le remarque…

Il baissa les yeux… et ses jambes se dérobèrent.

Elle est partie !

Sa valise n'était plus là.

Il se tourna vers la table de chevet. Les cristaux de communication n'avaient pas bougé.

Max s'effondra sur le lit. Sa sœur avait fui, abandonnant la seule chose susceptible de lui sauver la vie.

— Oh, Dieu, Isabel… Qu'as-tu fait ?

CHAPITRE X

— Eteins-la ! supplia Isabel en désignant la télévision.

Un de ces talk-shows odieux…

— Jerry est génial ! dit Michael, adossé à la tête du deuxième lit jumeau, dans la chambre du motel.

— Eteins-la ! cria Isabel.

Sa propre voix lui déchira le crâne.

Michael bondit vers le poste – mais pas avant que le public de Springer ne recommence à brailler : « Jerry ! Jerry ! Jerry ! »

Les cris agressèrent les tympans de la jeune fille.

— Trop fort…, murmura-t-elle.

Michael coupa le son. Mais il ne pouvait pas s'arrêter de respirer. Ni empêcher les rideaux de frotter contre la fenêtre sale…

Les moindres sons étaient amplifiés. Si ça continuait, Isabel deviendrait folle.

Elle ferma les yeux, à bout de nerfs.

On lui tapota l'épaule.

Elle rouvrit à demi les yeux. Michael tenait une feuille à l'en-tête du motel où il avait écrit :

ACCROCHE-TOI. ENCORE DIX SECONDES À TENIR.

Il lâcha la feuille, s'assit au bord du lit et leva les mains, paumes tournées vers lui, les dix doigts en l'air.

Il replia le pouce droit.

Le frottement de la peau sur sa paume donna à Isabel l'impression que sa tête allait éclater. Mais elle ne quitta pas des yeux Michael, qui continuait son étrange compte à rebours.

Quand il resta trois doigts levés, la crise passa.

Isabel lui prit la main.

— Merci, murmura-t-elle.

— Veux-tu de l'eau ? D'autres couvertures ?

— Non. Reste assis près de moi, d'accord ?

Il fit oui de la tête puis se tourna vers l'écran de télévision. Trop tard. Elle avait vu luire des larmes dans ses yeux.

Pauvre Michael.

Pauvre Isabel.

Elle tenta de s'intéresser à l'émission et étudia le public. Pauvres spectateurs, oui ! Ils auraient eu besoin d'un conseiller vestimentaire. Et leurs cheveux… mieux valait ne pas y penser. Tous auraient mieux fait de se raser le crâne, histoire de repartir sur de bonnes bases.

— « *Eh ben, voilà mon cas* », fit Michael, singeant l'accent texan d'un invité de Jerry Springer. « *Ma petite amie aime s'habiller en homme. Ça ne me pose pas de problème. Sauf qu'en mec, elle n'arrête pas de me répéter que je suis gros, et ça, ça me blesse cruellement !* »

— Trop gentillet pour une émission de Jerry, dit Isabel. C'est plutôt du genre : « *Je ne peux pas coucher avec ma petite amie, à moins d'avoir revêtu un costume de lapin de Pâques et elle…* »

Elle marqua une pause.

— « *… un déguisement d'œuf à pois géants* ».

Michael éclata de rire.

— Pourquoi à pois ?

— C'est… tout ce qui t'a semblé…

Isabel dut s'arrêter pour reprendre sa respiration. Elle semblait incapable de parler *et* de respirer.

— … étrange ?

— Oui, dit Michael.

Avec le pan de sa chemise, il essuya les

gouttes de transpiration, sur la lèvre supérieure de la jeune fille.

— Tu es sûre que tu ne veux pas d'eau ?

— C'est… une bonne idée…

Son corps changeait… se desséchait de l'intérieur. Se parcheminait. Son œsophage arriverait-il encore à acheminer quelques gorgées d'eau jusqu'à son estomac ? Peut-être allait-il… se désagréger… ?

Michael revint de la salle de bains avec un gobelet en plastique. Il se rassit au bord du lit, puis passa un bras autour des épaules d'Isabel avant de porter le verre à ses lèvres.

Elle avala une minuscule gorgée. Quand il voulut lui en donner plus, elle secoua la tête.

— Garde-moi… dans tes bras.

Michael posa le gobelet sur la table de chevet et s'allongea près d'elle.

— Je pense… (Isabel inspira avec un drôle de sifflement) … que tu devrais… demander à Maria… de s'habiller en œuf pour toi.

Avec sa manche, Michael tamponna le front couvert de sueur de la jeune fille.

— Voilà mon diagnostic : tu délires.

Ses yeux gris n'avaient jamais été plus sérieux, ni plus attentifs.

Isabel essaya en vain de s'humecter les lèvres. Sa langue devenait si sèche.

— Elle… t'aime.

Michael aurait besoin de Maria. Surtout si…

Isabel chassa cette pensée.

Maria était la seule humaine avec qui Michael avait une relation profonde. Isabel le soupçonnait d'en avoir dit plus à Maria qu'il n'en avait révélé à Max ou à elle. En particulier sur ses familles d'accueil.

— Elle… t'aime.

Michael passa les doigts dans ses cheveux en bataille.

— Que suis-je supposé répondre ? grommela-t-il.

Il se pencha vers la jeune fille, son visage à quelques centimètres du sien.

— Ecoute, Iz, j'ignore combien de temps… Je crois que je devrais aller chercher les cristaux de communication. Juste au cas où.

— Non !

— Trevor a dû faire quelque chose pour survivre à l'*akino* sans se connecter ! cria Michael. Aucun de nous n'a pris le temps d'y penser ! Tu ne peux pas me demander de te laisser mourir !

— Tu le *dois* ! Tu m'entends, Michael ? C'est *ma* décision.

— Ils sont partis, annonça Max.

Liz, Adam, Maria et lui se trouvaient réunis dans la cuisine de l'appartement du musée.

— S'ils se sont téléportés, ils peuvent être n'importe où, ajouta le jeune homme.

— La voiture de Michael n'est plus là, dit Adam.

Il se rapprocha de Liz qui n'en fut pas mécontente. Loin de là.

— Parfait, ironisa-t-il. Nous n'aurons aucun mal à les retrouver ! Tout le monde sait que les endroits accessibles en voiture sont rares.

Liz serra l'avant-bras d'Adam, lui signifiant que la remarque de Max n'avait rien d'une attaque contre lui. Elle crut surprendre une lueur d'intérêt dans les yeux de Max quand il la vit toucher Adam. Mais la conscience collective s'intéressait peut-être à la composition de son vernis à ongles. Ou elle s'interrogeait sur la signification de son bracelet en argent en forme de serpent.

A moins qu'il ne s'agisse vraiment de jalousie.

Avant, Liz savait toujours ce que pensait Max. Maintenant, on aurait dit qu'il existait simultanément dans deux mondes.

— Michael veillera sur Isabel comme sur la prunelle de ses yeux, dit Maria, enroulant une boucle blonde autour de son index. Si son état s'aggrave, il se téléportera ici et prendra les cristaux de communication.

— Tu oublies que lui aussi est terrifié à l'idée de se connecter, rappela Max.

Inclinant sa chaise, il prit sur l'évier la bouteille de liquide vaisselle. Après en avoir versé quelques gouttes sur le dos de sa main, il le fit pénétrer dans sa peau.

Liz et Maria échangèrent un regard inquiet.

— Peux-tu contacter Michael dans le plan des rêves ? demanda Liz.

Max huma le liquide vaisselle.

— Max ! Peux-tu ?

— J'ai entendu. Mais que pourrais-je lui dire ? Il sait ce qui arrivera. Isabel mourra si elle ne se connecte pas. (Il se leva, renversant sa chaise.) Si ça ne le convainc pas, qu'est-ce qui le fera ?

— Et Trevor ? suggéra Maria. (Elle se baissa pour relever le siège.) Si nous pouvions le contacter.

— Brillante idée ! Appelons le type qui voulait me tuer !

Les yeux de Max lançaient des éclairs. Liz l'avait rarement vu aussi en colère. Qu'il s'investisse de nouveau émotionnellement devenait presque réconfortant.

— Nous cherchons tous un moyen – n'importe lequel – d'aider Isabel, rappela Liz.

— Je sais.

Max avait l'air si désemparé qu'elle eut envie de le serrer dans ses bras. Mais ce n'était plus possible. Seuls les membres de la conscience collective profiteraient de cette étreinte.

Liz ne supportait plus ça !

Max se campa devant le réfrigérateur et ouvrit le compartiment congélation.

— Que fait-il ? murmura Adam.

Liz haussa les épaules. La conscience collective était peut-être intriguée par la notion d'hiver.

— Si j'ai proposé de contacter Trevor, c'est qu'il y a une chance qu'il n'ait pas menti, continua Maria. Survivre à l'*akino* sans se connecter est peut-être possible.

Max ne broncha pas. Rien n'indiquait qu'il avait entendu la jeune fille.

Il avait la tête dans le congélateur.

— S'il y a une chance, une seule, qu'il accepte de nous…

— Attends un peu ! coupa Liz. (Soudain, tout lui parut limpide.) Ils sont partis rejoindre Trevor !

— Michael le déteste, lui rappela Max, prouvant ainsi qu'il écoutait.

— Je sais, répondit Liz. Mais il ne laissera pas

Isabel mourir et ne la forcera pas à se connecter. Trevor est son seul espoir.

Max se cogna la tête se retournant vers elle.

— Si tu as raison, nous ignorons où il est. Adam, sais-tu si Michael et lui sont restés en contact ?

— J'en doute, répondit le jeune homme, les yeux baissés.

— A propos, où est Alex ? demanda Maria.

— Je crois qu'il est au cinéma avec une fille, répondit Liz.

Maria se leva et prit son manteau.

— Je serai bientôt de retour !

Elle s'empara des clés de la Jeep de Max, posées sur la table, puis sortit.

— Où va-t-elle ? demanda Max.

Liz secoua la tête. Elle n'en savait rien, et se retrouver seule avec les deux garçons la mettait affreusement mal à l'aise.

— Et maintenant ? demanda Adam.

— Maintenant, rien, fit Liz, détestant admettre leur impuissance.

Elle n'avait qu'une envie : rattraper Maria, où qu'elle aille. Fuir loin de cette pièce.

— Attendons et espérons que Michael se décidera à nous contacter.

Adam lui prit la main. Elle surprit une lueur de jalousie dans les yeux de Max et voulut se dégager. Le pauvre avait assez de soucis comme ça.

Mais les yeux de Max devinrent vides.

Liz serra les doigts d'Adam, heureuse de ce contact.

Maria gara la Jeep à l'entrée du centre commercial la plus proche du cinéma.

— Ce n'est pas une place de parking ! cria une voix.

Maria l'ignora.

Elle courut vers les portes automatiques, les passa et sprinta jusqu'au cinéma.

— Je n'ai pas vu votre ticket ! lança une voix dans son dos.

— Je n'en ai pas ! répondit Maria en entrant dans la première salle.

L'ouvreur la rattrapa par un coude, la forçant à s'arrêter.

— Vous n'irez nulle part sans ticket !

Pourquoi n'était-ce pas un copain ? Pourquoi fallait-il que ce soit un élève du lycée Guffman ? Assez bête, en plus, pour imaginer qu'une lampe de poche fixée à la ceinture valait un badge et un flingue.

— Voilà ce que je vais faire, dit Maria. J'entrerai dans chaque salle pour retrouver mon ami, puis nous sortirons ensemble.

— Vous n'irez nulle part.

— Si vous ne me lâchez pas immédiatement, je hurle que j'ai trouvé des cafards dans mon pop-corn ou une queue de rat dans mon cornet de glace !

Le lycéen de Guffman s'empourpra.

— Très bien ! Allez-y, dit-il en la lâchant. Mais ne vous avisez pas d'ennuyer les spectateurs.

— Merci beaucoup, trésor ! lança Maria par-dessus son épaule.

Elle entra dans la première salle et attendit que ses yeux s'adaptent à l'obscurité. Elle cherchait Alex. La salle étant bourrée à craquer, le repérer ne serait pas de la tarte.

Ça me prendra une éternité, oui !

Elle avança d'un pas décidé et se campa devant l'écran, ignorant les pop-corn, les Hot Tamales et les Junior mints que lui lancèrent les spectateurs irrités.

— Alex Manes, si tu es ici, tu as trois secondes pour me rejoindre dans le couloir ! cria-t-elle.

Ne voyant personne se lever, elle remonta l'allée centrale et sortit, drapée dans sa dignité.

Dans la suivante, on jouait un film avec Julia Roberts. L'appât parfait pour un premier rendez-vous.

Cette fois, elle ouvrit les portes à la volée et cria :

— Alex Manes ! Je sais que tu es là ! Ramène-toi par ici ! Au trot !

Une silhouette se leva, au dernier rang.

— Maria ?

— Oui. Je dois te parler *immédiatement* !

— C'est ta petite amie ou quoi ? demanda une fille par-dessus les « fermez-la ! » braillés par les spectateurs.

— Non, je suis sa mère ! répondit Maria. Et je le ramène à la maison !

Alex la rejoignit en longues enjambées et la poussa dans le couloir.

— C'est quoi, ton problème ?

— Sous prétexte que tu es devenu le chéri de ces dames, tu oublies tes vrais amis ! dit Maria. Le voilà, le problème !

— Et que devrais-je faire ? Passer tout mon temps avec les adorateurs des ovnis ?

— Non, cesser de penser avec tes hormones pour te souvenir que tu as un cerveau ! Nous avons besoin de toi, Alex !

Il retira deux Hot Tamales des boucles de la jeune fille.

— Je refuse de traquer DuPris avec vous, si c'est votre intention. Nous ne pouvons rien contre lui. Nous…

— Ça n'a rien à voir avec DuPris ! coupa Maria. C'est au sujet d'Isabel.

Alex pâlit. Maintenant, elle avait toute son attention.

— Dis-moi tout.

Il l'attira vers un banc, devant les toilettes.

— Elle a commencé son *akino*. Tu le saurais si tu n'avais pas soudain décidé de jouer les chauds lapins !

— Isabel a-t-elle établi la connexion ? demanda Alex, ignorant la remarque.

— Non. Elle s'y refuse. Michael et elle se sont enfuis sans les cristaux de communication. Elle mourra bientôt, et nous ignorons comment la retrouver.

— Oh, mon Dieu ! souffla Alex. J'ignore ce que tu veux de moi, mais je suis là.

— Je savais que nous pourrions toujours compter sur toi.

D'un coup d'œil par-dessus son épaule, elle s'assura que l'ouvreur n'épiait pas leur conversation. Le type s'amusait à « dégainer » sa lampe de poche et à la « rengainer », tel un revolver.

— Quand nous voulions te ramener, ton père a retrouvé DuPris avant nous. Il a dû utiliser un système de repérage du Projet Table Rase. Il faut absolument que tu le lui empruntes !

— Ça ne sera pas facile. Il refuse de me parler du Projet Table Rase. Mais je me débrouillerai.

Il tendit la main à Maria pour l'aider à se relever. Puis ils gagnèrent la sortie.

— Il faudra que tu me raccompagnes chez moi.

— Tes petites amies te conduisent où tu veux, bel étalon ? le taquina Maria. Attends.

Elle revint sur ses pas et prit une poignée de serviettes en papier sur le présentoir du comptoir. L'ouvreur fit mine de protester, mais il se ravisa.

Maria tendit son butin à Alex, qui leva un sourcil interrogateur.

— Je connais ton père : il ne t'écoutera pas si tu es barbouillé de rouge à lèvres.

CHAPITRE XI

Michael regardait Isabel dormir, espérant qu'elle n'avait pas sombré dans l'inconscience. Le bras qu'il avait passé sous les épaules de la jeune fille s'était ankylosé et sa jambe gauche suivait le même chemin à force de rester dans une position inconfortable. Mais il ne bougeait pas. Il écoutait Isabel respirer avec cet horrible sifflement.

Au moins, elle était avec lui.

La jeune fille tourna la tête.

— Tu es réveillée ? demanda-t-il.

— A peine, répondit-elle dans un souffle. Je rêvais qu'on m'enterrait dans le sable. Amusant, au début. Puis les grains se sont multipliés. Je n'arrivais plus à respirer.

— J'aimerais me connecter avec toi, dit Michael. Je ne peux pas te guérir, mais peut-être t'aiderais-je à te sentir mieux.

Regarder Izzy souffrir était plus qu'il ne pouvait en supporter.

— Si tu veux.

Michael dégagea son bras engourdi, baissa la couverture qu'elle avait remontée sous son menton, puis posa les doigts sous la poitrine de la jeune fille.

— Tes mains sont celles de Trevor, murmura-t-elle. Ou les siennes sont identiques aux tiennes. Je l'ai remarqué… quand nous dansions.

Avait-elle perdu la tête ? Savait-elle ce qu'elle disait ?

— Le soir de la fête, au musée. J'ai pensé que Trevor et moi… Il te ressemble, mais il n'y a pas entre nous ce : « pas mon frère mais tout comme mon frère ».

— Ne parle pas. Laisse-moi établir la connexion.

Michael pensa simplement « *sabel* », et la connexion s'établit d'elle-même. Sans effort. Un flot d'images envahit son cerveau. La plupart aussi familières que celles de sa propre vie. Isabel et lui avaient partagé presque tous les événements marquants de leurs existences respectives.

Un vaisseau spatial à la coque luisante, comme du métal liquide.

La vision à couper le souffle d'un arc-en-ciel d'auras, dans leur grotte.

Michael se passant les mains dans les cheveux.

Une poupée brûlée.

Son second cœur battait affreusement vite.

Il ausculta Isabel *de l'intérieur*. Le contraste entre ses organes et les siens était tel qu'il faillit rompre la connexion.

Si elle le supporte, toi aussi !

Ses poumons ressemblaient à du vieux parchemin susceptible de s'effriter au moindre contact. Il s'efforça de ne pas les effleurer, même en pensée.

Un examen des autres organes de la jeune fille confirma qu'ils étaient dans le même état. Lamentable.

Il laissa la connexion se dissoudre en douceur jusqu'à ce qu'ils redeviennent deux entités distinctes.

— Tu n'y peux rien, n'est-ce pas ? soupira Isabel.

Michael secoua la tête, trop ému pour répondre. Il revoyait l'enfant qu'elle avait été, la fillette qui l'avait tellement aimé, persuadée que rien n'était impossible à l'élu de son cœur.

Quelle blague ! pensa-t-il, amer.

— Pas ta faute. Stupide.

Isabel avait toujours su lire dans ses pensées – en quelque sorte. Aujourd'hui, ça n'était pas forcément une bonne chose. Elle n'avait pas besoin de partager ses doutes et ses angoisses.

— Crois-tu que… tu pourrais contacter Trevor ? Peut-être m'aiderait-il.

— Il est avec DuPris.

— Je sais.

Des gouttes de sang perlèrent sur les lèvres gercées d'Isabel.

— Mais il faut que tu… le retrouves pour moi.

Arrivé devant le bureau de son père, Alex hésita, très nerveux.

— Si on n'a pas de tripes, adieu la gloire ! murmura-t-il.

Il frappa.

— Entrez ! répondit le major.

Alex se redressa, adoptant l'allure militaire que son père affectionnait tant.

Quel euphémisme. Il l'exige !

Il entra.

— Je te croyais au cinéma, fit son père en levant les yeux.

— En effet. Mais il y a du nouveau. Je dois t'en parler.

Le major eut l'air plutôt surpris – pour un homme qui n'avait pas l'habitude de montrer ses sentiments.

Alex comprenait sa réaction. En dix-sept ans, ils avaient eu *une* conversation à cœur ouvert. Le jour où il était revenu de la planète d'origine de ses amis extraterrestres.

Les révélations du major sur le Projet Table Rase avaient stupéfié Alex. Et comprendre que son père l'aimait l'avait bouleversé.

— Je t'écoute.

Le major l'invita à s'asseoir. Alex ne se fit pas prier, s'installant dans le fauteuil. Mais à peine assis, il eut une folle envie de se tortiller, comme s'il était un garnement pris en faute.

Cette pièce et ce fauteuil provoquaient chez lui une réaction digne d'un chien de Pavlov. Chaque fois, il s'y était retrouvé pour subir un sermon ou une engueulade.

Il résista vaillamment.

— Tu te souviens d'Isabel Evans ? Elle est venue dîner à la maison un soir.

Sans être direct, c'était un début.

— Une fille charmante.

Alex sourit au souvenir de l'impression qu'Isabel avait faite à son père et à ses frères. Ils en étaient restés bouche bée : le petit dernier sortait avec un canon !

— Eh bien, quand tu cherchais à me ramener sur Terre, tu as appris la vérité à son sujet.

Mieux valait ne pas prononcer le mot « extraterrestre ». D'ailleurs, il y avait de fortes chances que le Projet Table Rase leur donnait un autre nom. Il devait s'agir d'un acronyme. Les militaires en avaient un pour tout et n'importe quoi.

— Je t'ai déjà dit que tout ce qui concerne ce sujet est classé top secret.

— Je sais. Et je respecte tout ça ! Mais Isabel mourra si je n'aide pas ses amis à la retrouver très vite !

Alex croisa le regard de son père sans ciller. Une prouesse.

— J'ai besoin du système que tu as utilisé pour repérer DuPris.

— Il n'existe pas.

Alex serra les accoudoirs de son fauteuil à s'en faire blanchir les phalanges.

— Pas officiellement, parce qu'il s'agit de matériel top secret, c'est ça ?

— Quelle différence ?

— Tout ça, c'est des foutaises ! cria Alex, renonçant à garder son calme.

— Je te déconseille d'employer ce ton avec moi !

— Je m'excuse. Mais nous savons tous deux que ce truc qui n'existe pas t'a permis de retrouver DuPris avant mes amis. Tu t'es jeté à l'eau pour me sauver. Je doute que tes collègues aient été au courant. Je me trompe ?

Pour la première fois de sa vie, Alex remporta une victoire contre son père, qui détourna les yeux.

— C'est l'unique occasion où j'ai oublié les voies hiérarchiques, admit-il.

— Et tu l'as fait parce que…

Alex hésita. Connaître les mobiles de son père était une chose. Les lui lancer à la figure en était une autre.

— … Tu m'aimes.

Encore une première. Chez les Manes, les mâles ne parlaient pas de ces choses-là.

— Et moi, j'aime Isabel, continua Alex. Nous ne sortons plus ensemble, c'est vrai. Mais peu importe. Tous les deux, nous avons vécu tellement de choses. J'ai vu son âme.

Il tressaillit devant la tonalité « fleur bleue » de son discours. Mais l'enjeu était trop élevé pour qu'il se décourage.

— Papa, je lui confierais ma vie sans hésiter. Et elle ferait n'importe quoi pour moi. Tu le sais. Elle a risqué sa vie pour me ramener sur Terre.

Alex se pencha en avant.

— Je ne peux pas la laisser mourir. Elle fait partie de mon unité, ou de mon commando, comme tu voudras.

Soudain, il regretta son manque d'attention chaque fois que son père et ses frères se lançaient dans leurs conversations sur l'armée. Connaître le jargon aurait été un atout.

— Isabel est sous ma responsabilité, conclut-il.

Le major garda le silence si longtemps qu'Alex se demanda si c'était bon signe.

— Papa, elle va très mal. Elle traverse une épreuve qui s'appelle…

— Je n'ai pas à connaître les détails, coupa le major.

Il se leva, sortit une clé de sa poche et la posa sur son bureau.

— Derrière la photo de famille, il y a un coffre.

Il flanqua une claque sur l'épaule d'Alex, tourna les talons et sortit.

— Bonne nuit, fils. Et bonne chance.

Alex attendit qu'il ait fermé la porte avant de prendre la clé.

— Merci, papa, dit-il dans la pièce vide. J'en aurai besoin.

CHAPITRE XII

Détends-toi, bon sang ! s'exhorta Michael.

Il devait pénétrer dans le plan des rêves – le seul moyen de retrouver Trevor. Le problème ? Il était trop tendu pour se concentrer.

Quand il fermait les yeux, la respiration torturée d'Isabel semblait emplir la pièce. Ses inspirations et expirations irrégulières s'entrecoupaient de silences de plus en plus inquiétants.

Voilà pourquoi il avait tant de mal à se détendre. Il avait déjà toutes les peines du monde à ne pas se taper la tête contre les murs.

Isabel était en train de mourir… de mourir.

J'ai besoin de Maria.

Cette idée le surprit. Mais c'était la vérité.

Maria pouvait le mettre dans le bon état d'esprit pour entrer dans le plan des rêves. Il se cala les mains sous la tête pour mieux résister à l'envie de décrocher le téléphone. Appeler Maria serait dangereux. Il était déjà trop tenté d'aller chercher les cristaux de communication, contrairement à sa promesse.

D'accord, être connecté, pensa-t-il, *c'est être plongé dans un cauchemar sans fin.*

Mais Isabel échapperait à la mort. Et aussi longtemps qu'elle vivrait, il resterait un espoir de la libérer – avec Max – de l'emprise de la conscience collective.

Il tourna la tête vers son amie. Les yeux entrouverts, elle le regardait fixement. Elle essaya de parler.

— Tre… vor.

— Je vais le trouver, promit Michael.

Qu'avait fait Maria le jour où, désireux d'aller dans le plan des rêves, il en avait été incapable ?

Michael laissa son esprit dériver. Elle lui avait mis sous le nez un flacon d'huile essentielle.

De lavande.

Ça ne lui avait rien fait, à part lui donner envie d'éternuer.

Puis elle lui avait parlé d'une voix douce : petite, elle avait l'habitude de tout dessiner en mauve.

Michael imagina Maria assise près de lui, dans ce motel miteux, à Hobbs. Peu à peu, la respiration laborieuse d'Isabel fut couverte par la voix imaginaire.

Après quelques minutes, Michael put pénétrer dans le plan des rêves.

Les orbes de rêves avaient leurs couleurs chatoyantes habituelles. Il n'avait jamais vu celui de Trevor. Quelle note produisait-il ?

— Comment suis-je censé le trouver ? grommela-t-il.

Sa concentration si chèrement acquise se relâcha. Les orbes de rêves commencèrent à disparaître. Au prix d'un effort surhumain, il retrouva le bon état d'esprit et fredonna la note du sien.

Trevor est mon frère.

C'était la vérité, même si Michael préférait ne pas y penser. Leurs orbes devaient être assez similaires pour que celui de Trevor réagisse à la note du sien.

Michael vit tourbillonner vers lui un orbe gris métallique. Les autres s'écartèrent quand il prit de la vitesse.

Michael se jeta de côté. Trop tard. La sphère le cueillit à la tempe, l'envoyant valser.

Il atterrit sur les fesses.

L'orbe doubla de volume et vint planer au-dessus. Il émit une note aiguë.

Michael n'avait jamais vu un tel orbe de rêve. Mais il était logique que celui de Trevor soit si différent de ceux des êtres nés sur la Terre.

Michael ramena les genoux contre sa poitrine, puis poussa l'orbe des jambes avant de bondir sur ses pieds. Il voulut entrer dans la sphère. Mais contrairement à celles qu'il avait visitées, elle n'était pas perméable.

Michael prit de l'élan et se jeta sur la paroi iridescente, essayant la force.

Peine perdue.

Pour Isabel, le temps était compté. Michael devait entrer dans l'orbe de son frère. Tout de suite ! Il en fit le tour, cherchant une faille dans la sphère.

Rien.

Avec un soupir excédé, il insista.

Et s'aperçut que l'orbe, devenu gris, s'opacifiait. Il étudia l'étrange phénomène. Quelque chose remuait. Quoi ?

Le jeune homme toucha la paroi d'un index hésitant. Elle restait dure comme de l'acier.

Puis l'orbe s'éclaircit, devenant aussi transparent que du cristal.

Au centre, Trevor regardait Michael.

Il ne fit pas un geste vers son frère, mais leva un sourcil interrogateur.

Compris. Il veut que je le supplie. Si ça peut lui faire plaisir, au point où j'en suis.

— Il faut que je te parle. S'il te plaît !

Trevor resta silencieux un long moment. Puis il tendit un bras, l'attrapa par le poignet et le tira dans l'orbe de rêve, la paroi n'offrant plus de résistance.

— Très bien. J'écoute.

Michael n'apprécia pas le ton de son frère. C'était lui le traître, le menteur ! Mais il réprima sa colère.

Ce n'est pas le moment.

— Isabel subit son *akino* ! Elle refuse de se connecter à la conscience collective et…

— Il ne faut surtout pas l'y forcer ! coupa Trevor, ses yeux gris s'assombrissant.

— Je n'ai pas l'intention de la forcer à quoi que ce soit. Mais…

Les mots étaient plus difficiles à prononcer qu'il n'aurait cru. Pour ne rien arranger, Trevor savait pertinemment ce qu'il allait lui demander.

Il a décidé de ne pas me faciliter la tâche.

Parfait. Il ravalerait sa fierté. Pour Isabel.

— Nous… j'ai besoin de toi, avoua Michael.

— Crois-tu que nous devrions arracher Max à la connexion ? demanda Adam.

Liz et lui étaient assis sur son matelas pneumatique, dans le salon. Adossés au mur, ils se tenaient par la main.

Max était resté dans la cuisine.

La jeune fille secoua la tête.

— Non, laissons-le. Pour le moment, nous n'y pouvons rien.

Adam se rapprocha de Liz, leurs épaules se touchant. Elle ne s'écarta pas, mais il ne sut comment l'interpréter. Appréciait-elle son contact ? Ou ne s'en était-elle pas aperçue ?

A moins qu'elle ne veuille pas me froisser.

— Adam ? Tu te rappelles ce que tu as dit au sujet de la conscience collective ? Ce n'est peut-être pas un mal. Grâce à elle, on n'est plus seul.

— Oui.

Adam goûtait pleinement la sensation que lui procurait la chaleur de Liz, comme si le corps de la jeune fille était beaucoup plus chaud que le sien.

Une chose impossible.

Le phénomène s'expliquait facilement : tout ce qui venait de Liz l'affectait d'une manière indescriptible. Il suffisait qu'elle lui sourie et il avait l'impression de s'évader de nouveau du complexe souterrain, de voir la lumière du jour pour la toute première fois.

— Ça m'a fait réfléchir. Tu dois te sentir souvent très seul. Pendant que nous sommes au lycée, tu es coincé dans cet appartement, sans personne à qui parler. Je ne m'étais jamais demandé ce que tu faisais de tes journées.

Quand elle le regardait ainsi, Adam avait toutes les peines au monde à se tenir tranquille.

— Alors, que fais-tu quand tu es seul ? demanda Liz.

Adam haussa les épaules et en profita pour se presser un peu plus contre elle.

— J'essaie de m'instruire. Il me reste beaucoup à apprendre. Je lis, je regarde la télé, j'écoute de la musique, je surfe sur le Net. A l'heure du déjeuner, je sors et je visite les boutiques. Je vais aussi souvent au *Target*.

— Au *Target* ?

— Pourquoi ? C'est mal ?

— Non ! Aux vacances de Pâques, nous irons tous à New York en voiture. Comme ça, tu verras du pays. A notre retour, nous te trouverons des amis avec qui tu passeras la journée. Il doit bien y avoir des gens qui ont du temps, dans cette ville.

Liz se tut, une ride apparaissant entre ses sourcils froncés.

— L'an prochain, tu iras à l'université. Nous te forgerons une identité. Les Services sociaux se fichent de savoir où est ta famille une fois que tu es majeur et que tu vas à l'université !

— Ouah ! murmura Adam, étonné par la passion qui faisait vibrer la voix de son amie.

— Pas besoin de la conscience collective pour ne plus être seul, ajouta Liz.

Des éclairs de colère zébrèrent son aura. Adam l'avait remarqué : penser à la conscience collective la fichait toujours en rogne.

— Tu n'auras pas besoin de te connecter.

Adam ne lui rappela pas que la seule alternative à la connexion était la mort. Inutile. Les filaments jaunes, dans l'aura de Liz, lui apprirent qu'elle s'était fait la réflexion.

— J'aimerais aller à New York, dit-il pour ramener la conversation sur un sujet plus léger. Je voudrais surtout monter au sommet de l'Empire State Building.

Liz lui fit un sourire de connivence.

Adam eut très envie de l'embrasser. Bon, il en avait *toujours* envie. Mais cette fois, le besoin était si impérieux que ses neurones menaçaient de fondre s'il n'y cédait pas.

Embrasser Liz en rêve aurait été fabuleux. Mais dans le plan onirique, les choses étaient toujours un peu trop parfaites.

S'il l'embrassait ici et maintenant, ce serait *réel*.

Adam se pencha vers la jeune fille, qui ne s'écarta pas. Son regard se posa sur sa bouche, puis plongea dans ses yeux bruns. Ils étaient chaleureux. Ses lèvres s'entrouvrirent.

N'y tenant plus, Adam embrassa doucement Liz.

Elle lui caressa les cheveux, puis s'écarta.

Adam n'avait aucune expérience avec les filles, mais il sut ce qu'elle allait dire avant qu'elle ouvre la bouche.

— Tu es un garçon merveilleux. Et je t'aime énormément. Te regarder suffit pour me sentir beaucoup mieux. Mais…

— Tu es toujours amoureuse de Max.

— Je ne crois pas qu'il…

Un filet pourpre enveloppa l'aura de Liz.

— Max et moi ne pourrons plus être ensemble, continua-t-elle. Mais je ne peux pas être avec un autre. Du moins, pas…

Elle secoua la tête.

— Je comprends, répondit Adam.

C'était la vérité.

Bizarrement, ce qui l'attirait vers Liz, c'était l'amour qu'elle avait pour Max. Etre adoré à ce point par quelqu'un d'aussi passionné. Ce devait être extraordinaire !

— Ça ne veut pas dire que je refuse que nous soyons amis. Chaque fois que tu te sentiras seul, que tu auras besoin de compagnie, je serai là pour toi.

Elle lui prit la main et la serra.

— Tu le sais, n'est-ce pas ?

A cet instant, la porte de l'appartement s'ouvrit à la volée.

— Nous avons trouvé comment repérer Michael et Isabel ! annonça Maria en entrant dans le salon.

Alex était juste derrière elle.

— J'ai emprunté à mon père un système de pistage des extraterrestres, expliqua-t-il. Il a été plutôt cool. Mais officiellement, il ne sait rien.

Adam se leva, ravi.

Liz l'imita.

— Maria, voudrais-tu, euh… réveiller la belle au bois dormant qui est dans la cuisine ?

— Bien sûr ! Hier, j'ai concocté un mélange d'huiles aromatiques. (Elle tira un flacon de sa poche et le secoua.) Une cuvée maison capable de réveiller les morts !

Horrifiée par ce qu'elle venait de dire, Maria se plaqua une main sur la bouche.

— Navrée ! lâcha-t-elle avant de se précipiter dans la cuisine.

Alex sortit de sa poche un petit objet carré.

— On dirait un Palm pilot, vous ne trouvez pas ? (Il imita un vendeur de téléachat :) Voilà le dernier cri en matière de chasse aux extraterrestres ! Indétectable dans la poche de votre pantalon !

Alex appuya sur un petit bouton.

— Simple à utiliser. (Il regarda l'écran.) Au moins, en théorie.

— Puis-je essayer ? demanda Adam.

— Je t'en prie.

Alex lui tendit l'appareil.

Dans le complexe souterrain du Projet Table Rase, Adam avait exercé ses pouvoirs en mettant un mixeur en marche aussi bien qu'en faisant exploser une bombe. Il ne lui avait pas fallu longtemps pour *sentir* les circuits de n'importe quel objet électronique ou mécanique, et pour comprendre comment l'activer ou le désactiver.

Il ignora les boutons du pisteur et utilisa sa seule volonté. L'écran s'alluma.

Deux points noirs apparurent dans le coin gauche inférieur.

Liz et Alex se rapprochèrent.

— Ces deux points, c'est Max et toi, dit la jeune fille. Adam, peux-tu prendre du champ ? Etendre le rayon d'action ?

Il procéda à des réglages jusqu'à ce que la ville de Roswell apparaisse sur l'écran.

— Elargis encore le champ, dit Alex.

— Qu'avez-vous trouvé ? demanda Max en entrant dans le salon, suivi par Maria.

— Jusqu'ici, nous savons où vous êtes, Adam et toi, répondit Alex, ironique. Ravi de faire de nouveau partie du groupe.

Il flanqua une claque amicale dans le dos de Max.

— Au cas où tu ne t'en serais pas aperçu, j'ai souffert d'un dysfonctionnement de l'ego, pourrait-on dire.

— Qui pourrait résister à Stacey Scheinin ? renchérit Liz.

Passant un bras autour de la taille d'Alex, elle l'étreignit.

— J'ai quatre points supplémentaires, annonça Adam.

— DuPris et Trevor, plus Isabel et Michael, dit Max. Mais comment repérer qui est qui ?

— La question ne se pose pas, dit Alex, penché par-dessus l'épaule d'Adam pour étudier l'écran. Les quatre points sont au même endroit, à quatre-vingts kilomètres de Santa Fe. Ce qui signifie…

— … qu'ils sont avec DuPris, murmura Adam.

Il lâcha l'appareil. Alex le rattrapa au vol.

— Je n'arrive pas à le croire, souffla Max. Comment Michael peut-il être aussi stupide ?

— Il a sûrement ses raisons, dit Maria. S'il est allé voir DuPris, c'est qu'Isabel va très mal.

Adam lut de la tristesse dans le regard de

Max. Mais loin de l'abattre, les paroles de Maria le galvanisèrent.

— Très bien. Quitte à approcher de DuPris, mettons toutes les chances de notre côté, dit Max. Allons chercher l'arme de Kyle !

— Depuis sa tentative minable avec les journalistes, il sait qu'il ne peut plus nous menacer de révéler la vérité, dit Liz. A ce jeu-là, il a perdu.

— Je vois que vous n'avez pas appris la nouvelle, les gars, fit Alex, les yeux rivés sur l'écran. Selon la fille avec qui j'étais au cinéma, Kyle sera envoyé dans un hôpital d'Albuquerque. Pour soigner son traumatisme. Même s'il ne doit pas partir avant demain, il est sous haute surveillance.

En résumé, ils devraient affronter DuPris. Sans arme.

Leurs pouvoirs, même combinés, ne leur serviraient à rien contre ceux du renégat, amplifiés par les Pierres de Minuit.

Adam essaya de se préparer mentalement à la confrontation, et se sentit plus pathétique encore.

— D'accord, plan B ! fit Max. Je prends les cristaux de communication et je me téléporte pour les donner à Isabel.

— Tu n'iras pas seul, dit Liz. Tu pourrais…

— Quoi ?

— T'arrêter en chemin pour cueillir des fleurs.

Maria ne put s'empêcher de ricaner.

— Navrée !

— Je n'arrive pas à croire que vous pensiez ça de moi ! explosa Max. Il s'agit d'Isabel et…

— Max, coupa Liz, réveille-toi ! Tu sais que tu n'es plus maître de toi-même !

— J'en ai assez de…

— Elles ont raison, intervint Adam.

Il n'avait pas le droit de contredire Max ainsi, mais les circonstances l'exigeaient.

— J'irai, ajouta-t-il.

— Nous irons ensemble, conclut Liz. Il n'y a pas de raison que tu prennes tous les risques.

CHAPITRE XIII

Trevor s'agenouilla près d'Isabel et posa les mains à plat sur le sol en ciment. Il imposa sa volonté aux molécules, les écartant assez les unes des autres pour que le sol devienne mou.

— C'est mieux ? demanda-t-il.

Sans attendre de réponse.

Isabel approchait du point culminant de la crise.

Michael faisait les cent pas.

— Si tu m'as menti et qu'elle ne peut pas survivre…

Trevor releva la tête.

— Si tu m'estimes indigne de confiance, pourquoi es-tu venu me demander mon aide ?

» Elle s'en sortira, Michael, dit-il, sa colère retombant aussitôt.

— Quand je me suis connecté à elle, j'ai vu ses organes. On aurait dit qu'ils allaient se désintégrer.

Il s'agenouilla à côté de son frère.

— C'est normal ?

— Oui, assura Trevor.

Il écarta du front d'Isabel une mèche trempée de sueur.

L'aurait-il reconnue si Michael ne l'avait pas accompagnée ? Elle n'avait plus rien de la magnifique jeune fille avec qui il avait dansé quelques jours plus tôt.

— Et sa respiration. Elle est si… on jurerait qu'elle va s'arrêter d'un instant à l'autre.

Michael recommença à tourner en rond, comme un lion en cage. De temps en temps, il jetait un coup d'œil à Isabel.

— C'est normal, répéta Trevor, essayant de le rassurer.

Michael s'arrêta et s'assit près d'Isabel, lui prenant la main.

— Hé, Izzy la Lézarde, souffla-t-il. Tiens bon ! C'est presque terminé.

Voir souffrir Isabel met Michael à la torture.

Trevor l'aurait parié : son frère aurait tout

donné pour être à la place de la jeune fille et lui épargner cette épreuve.

Il m'a accordé ce genre de loyauté, à moi aussi.

Il avait soutenu Trevor à cent pour cent. Quand ses amis l'avaient accusé d'être sur Terre pour voler la Pierre de Minuit à Alex, il avait choisi son camp sans hésiter, alors qu'ils se connaissaient depuis quelques jours.

Trevor était son frère. Aux yeux de Michael, ça suffisait.

Jusqu'au jour où Trevor avait révélé la véritable raison de sa venue.

Pourrait-il jamais combler l'abîme qui le séparait de Michael ?

Un gémissement d'Isabel l'arracha à ses pensées.

— La douleur est beaucoup plus forte que la norme, dit-il.

— Quoi ? cria Michael. Pourquoi ?

Il serra plus fort la main de la jeune fille.

Trevor lui desserra les doigts.

— Génial ! grommela Michael. Elle souffre le martyre et je ne trouve rien de mieux que lui broyer les os.

Trevor prit l'autre main d'Isabel.

— Alors, ce qu'elle ressent… n'est pas normal, souffla Michael.

Il déglutit péniblement, la gorge sèche.

Trevor fit glisser son pouce sur le poignet d'Isabel, vérifiant son pouls : faible et erratique.

Elle est tout près.

— Son corps humain doit réagir de manière différente.

— *De manière différente ?* Elle pourrait mourir, c'est ça ? Pourquoi ne l'as-tu pas dit plus tôt ? Je te faisais confiance. Je n'ai pas apporté les cristaux de communication.

— Aie confiance, insista Trevor. Elle ne mourra pas.

Mais le doute le rongeait.

Comment pouvait-il être si sûr que l'*akino* de la jeune fille se déroulerait comme le sien ? Le corps humain était peut-être incapable de supporter autant de douleurs et de changements.

Trevor se leva d'un bond.

— Où vas-tu ? demanda Michael.

— Emprunter une Pierre de Minuit à DuPris. Si elle la serre, la pierre soulagera sa douleur.

Il courut jusqu'au centre du hangar. Dès qu'il toucha la coque du vaisseau spatial, une porte apparut.

Trevor la franchit sans hésiter.

— Chef ! J'ai besoin de votre aide !

Il entendit DuPris fredonner.

Dans la salle de contrôle.

Trevor prit à droite, la tête dans les épaules. Le vaisseau n'était pas conçu pour des êtres de sa taille. Mieux valait rester baissé. Encore un embranchement et il atteignit la salle de contrôle.

DuPris ne daigna pas se retourner.

— Chef, j'ai besoin d'une Pierre de Minuit ! Isabel et Michael sont ici. Elle subit l'*akino* et son corps humain ne réagit pas comme le nôtre. Elle passe par toutes les étapes habituelles, mais la douleur est terrible.

DuPris continua de travailler sur le panneau de commandes.

— Je t'ai dit que tu pouvais faire venir tes amis, mais pas question qu'ils jouent avec mes affaires.

— Quoi ? cria le jeune homme.

Il saisit DuPris par l'épaule et le força à se tourner.

— Vous ne semblez pas comprendre.

Trevor se tut et retira vivement son bras.

— Veuillez me pardonner. Je n'avais pas le droit de porter la main sur vous. Je demande la permission d'utiliser une des pierres pour soulager mon amie.

DuPris sortit de la poche de son pantalon la Pierre de Minuit activée. Il la fit tourner distraitement entre ses doigts.

Qu'attend-il ? se demanda Trevor. *Pourquoi ne me la donne-t-il pas ?*

Mieux valait ne pas poser cette question tout haut. Il avait déjà été trop loin. Il ne recommencerait pas.

— Tu *demandes*, répéta DuPris. N'as-tu pas encore compris que tu n'étais pas en position de demander ? Le chef, c'est moi ! Toi, tu obéis !

— Bien sûr, répondit Trevor, désespéré. Mais…

La seconde suivante, il vola dans les airs.

Et percuta la paroi de la salle de contrôle, s'entamant le crâne sur une arête.

Son cœur battait la chamade, de peur autant que de colère.

— Vous avez utilisé la Pierre de Minuit contre moi, murmura-t-il.

— A un très bas niveau, confirma le chef de la rébellion. Tu avais besoin d'une leçon. A l'avenir, tu te rappelleras qui commande !

Max força ses molécules à se rassembler plus vite.

Dès qu'il se fut entièrement rematérialisé, il sonda l'entrepôt, cherchant DuPris. Et il repéra Michael et Trevor, assis dans un coin, près d'Isabel, étendue sur le sol.

Il courut vers eux, les autres sur les talons.

Trevor leva la tête. Ses yeux s'arrondirent. De

frayeur ou de surprise, Max n'aurait pas su le dire.

— Vous n'auriez pas dû venir ! lança-t-il.

— Eh bien ! Ce ne sont pas des manières… (Max se retourna. DuPris sortait du vaisseau spatial.) Tu devrais mieux accueillir tes amis.

Les membres de la conscience collective manifestèrent leur peur et leur colère à la vue du traître. Max mobilisa sa volonté pour garder leurs émissions au niveau le plus bas. S'il laissait la conscience collective en faire à sa tête, les résultats seraient catastrophiques.

— Merci d'avoir laissé Michael amener ma sœur ici, dit Max.

Si DuPris insistait pour prétendre que tout était normal, il le ferait aussi. L'expérience lui avait appris que le renégat, comme un félin, aimait torturer ses victimes avant de les tuer.

Pour une fois, la cruauté de DuPris jouerait peut-être en leur faveur. Avec de la chance, Max aurait le temps de faire surmonter son *akino* à Isabel et de téléporter ses amis en sûreté.

Il approcha de Michael et de Trevor, poussant ce dernier pour le remplacer à côté d'Isabel.

— Bon sang, Michael, à quoi penses-tu ? lâcha-t-il. Ne vois-tu pas qu'elle va mourir ?

Il tira les cristaux de communication de sa poche et les plaça dans les mains de sa sœur.

— Etablis la connexion, Iz ! supplia-t-il.

— Tu dois le faire, renchérit Maria. Nous t'aimons ! Et c'est le seul moyen pour que tu restes avec nous.

Michael voulut prendre les cristaux, mais Max fut plus rapide. Il referma la main sur le poignet de son ami et l'immobilisa.

— Tu as tort, Max.

Trevor contourna Isabel et s'assit à côté de son frère.

— Elle a presque atteint le point culminant de son *akino*. Dans quelques instants, la crise sera passée et elle redeviendra celle qu'elle a toujours été. Elle ira parfaitement bien, tu verras.

— Comment peux-tu en être si sûr ? demanda Alex.

— Tu ne nous as donné aucune raison de te faire confiance, ajouta Max, mettant Trevor au défi de le contredire.

Il jeta un coup d'œil au vaisseau spatial.

DuPris affichait un sourire amusé.

Liz s'agenouilla près de son amie et lui posa une main sur le front.

— S'il te plaît, Isabel, établis la connexion !

— Izzy, ne les écoute pas, souffla Michael. Sois forte !

Isabel rouvrit les yeux, tourna la tête vers Max et gémit.

— Je ne comprends pas ce que tu essaies de me dire, murmura-t-il.

Le visage ravagé de sa sœur lui brisait le cœur, mais il ne pouvait pas détourner les yeux.

Il se pencha.

— Dis-moi.

— *Non !* cria-t-elle.

Max crut que ses tympans ne résisteraient pas. Isabel se débarrassa des cristaux de communication avec une force dont il ne l'aurait pas crue capable dans son état. Malgré sa respiration torturée, elle répéta :

— Non, Max !

La douleur lui déchira les entrailles. Il gémit, sentant ses vaisseaux sanguins exploser et se vider dans les multiples cavités de son corps. Un horrible son lui déchira les tympans. Un liquide visqueux coula de ses oreilles.

— *Que se passe-t-il ?* cria Liz.

Max se tourna vers elle… et vit une vague silhouette. Le sang des veinules éclatées de ses yeux lui brouillait la vue.

Un flot d'images venues de la conscience collective envahit son cerveau.

La première le représentait souffrant le martyre. La deuxième montrait Isabel. Elle tenait les cristaux de communication et établissait la connexion. La dernière était une image de lui, tout sourires.

Le message passé, Max sentit ses veinules se refermer. Il se frotta les yeux ; sa vision s'éclaircit.

— Dis-nous ce qui se passe ! ordonna Alex.

— La conscience collective ! beugla Max, un goût de sang dans la bouche. Elle exige qu'Isabel établisse la connexion. Sinon…

Le jeune homme sentit son estomac se percer. Du suc gastrique se répandit dans son abdomen.

Il tomba et ramena ses genoux contre sa poitrine.

Comme si la position fœtale le protégeait de la douleur qui le dévastait.

— Je vais essayer de le guérir, dit Adam.

Il s'agenouilla près de Max.

— Je ne ferais pas ça, si j'étais toi, lâcha DuPris, très calme. Si tu te connectes à lui, la conscience collective t'utilisera pour parvenir à ses fins.

Il approcha des jeunes gens, son éternel sourire aux lèvres.

— Attends, Adam, dit Liz.

Elle tendit une main vers DuPris. Un geste involontaire de supplication.

— « Ses fins » ? De quoi parlez-vous ? Savez-vous ce qui se passe ?

DuPris posa sur elle ses yeux verts aussi froids que des billes de verre. La jeune fille se força à le regarder sans ciller.

Je ne dois pas me détourner.

Elle savait à quel point DuPris se délectait de la peur qu'il inspirait. Cette fois, elle était résolue à ne pas lui donner satisfaction.

Alex, Adam et Maria vinrent se placer à ses côtés.

— Comment ? Ce n'est pas évident ? ironisa DuPris. La conscience collective est en train de torturer votre ami !

— Mais il en fait *partie* ! lança Maria.

— Oh, gentil petit lapin. Si innocent, railla le renégat.

Il tira sur une des boucles de la jeune fille, qui ne tressaillit pas.

Bravo, Maria ! pensa Liz.

Elle prit la main de son amie et la serra.

— La conscience collective se fiche comme d'une guigne de l'individu, continua DuPris. Si Isabel se joint à elle, elle y gagnera, car le nombre fait sa force. Si elle doit torturer Max, ou le sacrifier, pour parvenir à ses fins, elle n'hésitera pas.

— Que faire ? cria Maria en baissant les yeux vers Max, qui haletait.

Liz eut l'impression de sentir sa souffrance dans son propre corps. Il fallait y mettre un terme.

— Ecoutez-le, dit Trevor. La conscience collective est malfaisante !

— Laissez-moi illustrer mon propos, ajouta DuPris. Disons que je suis la conscience collective et que ce jeune infortuné a établi la connexion… (Il désigna Adam.) Si sa mort peut me servir, je n'ai qu'à…

Il sortit de sa poche la Pierre de Minuit.

Avant que Liz ait esquissé un geste, un rayon vert-violet frappa Adam à la poitrine.

Il s'écroula.

Liz n'eut même pas la force de crier.

Elle tomba à genoux et le retourna sur le dos. Un trou rond traversait son corps…

… A l'emplacement du cœur.

— Vous l'avez tué ! cria-t-elle à DuPris.

Elle serra Adam contre elle.

— Oh, Dieu, vous l'avez tué…

DuPris haussa les épaules.

— J'ai illustré mon propos.

CHAPITRE XIV

Trevor luttait pour ne pas tourner les yeux vers le cadavre d'Adam. S'il le faisait, l'horreur et la haine qui bouillaient en lui se liraient sur son visage.

Il ne voulait pas que DuPris sache ce qu'il ressentait.

— Vous voyez ? Le chef a raison ! cria-t-il. La conscience collective se fiche des individus.

— *Le chef a raison ?* répéta Michael, dégoûté.

En larmes, il regardait Adam sans lâcher la main d'Isabel.

Trevor se pencha par-dessus la jeune fille, approchant de son frère.

— Ecoute…, souffla-t-il. J'ai l'intention de mettre un terme aux agissements de DuPris. Mais j'ai besoin de toi.

Michael ne cacha pas que ce subit revirement le laissait sceptique.

Son expression changea du tout au tout quand il croisa le regard déterminé de Trevor…

— Je suis avec toi !

— Commençons par lui jeter le vaisseau dessus !

Trevor saisit Michael par le poignet. La connexion s'établit instantanément…

Pendant qu'ils créaient une boule d'énergie, Trevor garda un œil sur DuPris.

Le chef de la rébellion savourait les réactions de Liz, Maria et Alex. Il ne prêtait aucune attention aux deux frères.

Alex jeta un regard soupçonneux à Trevor. Michael désigna discrètement le vaisseau.

Alex acquiesça tout aussi discrètement. Il força Liz à se relever, l'entraînant loin du cadavre. Puis il lui passa un bras autour de la taille et prit celle de Maria de l'autre, serrant les deux jeunes filles contre lui.

Tout à leur chagrin, elles ne s'avisèrent pas qu'il les avait écartées de DuPris.

— A mon signal…, murmura Michael.

Son frère hocha la tête.

— A trois. Un… Deux… Trois !

Trevor et Michael lancèrent leur boule d'énergie sur le vaisseau spatial. Le soulevant du sol, ils le firent voler à travers la pièce. Surpris, DuPris se jeta à terre…

Aussitôt, Michael et Trevor bondirent sur le renégat.

Pendant que le premier le ceinturait, le second lui serra la tête entre ses mains. Etablir une connexion fut un jeu d'enfant. La suite serait plus ardue…

Trevor choisit une artère du cerveau de DuPris et la comprima. Une seconde plus tard, il sentit un pincement dans son propre crâne.

L'assassin l'avait « empoigné » à son tour.

Trevor garda une main pressée sur le front de DuPris, *serrant* l'artère choisie. Déjà, des taches brillantes explosaient dans son champ de vision.

De sa main libre, il chercha la Pierre de Minuit.

Elle a dû échapper à DuPris…

Sinon, Michael et lui seraient déjà morts.

Où est-elle ?

Luttant contre la nausée, Trevor cherchait fébrilement la pierre. Encore quelques secondes et la pression, dans son crâne, lui ferait perdre conscience.

Et DuPris se portait comme un charme ! Trevor ignorait comment, mais l'artère qu'il serrait s'était soudain couverte d'une gaine aussi dure que de l'acier trempé.

Il entendit, derrière lui, le bruit d'un corps heurtant le ciment. Le renégat devait s'être débarrassé de Michael.

Il restait seul…

Trevor saisit une autre grosse artère, dans le cerveau de DuPris, espérant qu'il n'avait pas pris la précaution de les protéger toutes.

Hélas, c'était le cas.

Ou il n'avait pas de chance.

Elle était aussi dure que la précédente.

Des halos noirs limitaient maintenant le champ de vision de Trevor. Il concentra ses pouvoirs sur son propre cerveau pour tenter de réparer les dégâts faits par DuPris. Il tâtonnait toujours, cherchant désespérément la Pierre de Minuit.

Si je ne la trouve pas vite, je vais mourir... Nous allons tous mourir.

Deux choses se produisirent presque simultanément.

Une botte s'abattit sur la gorge de DuPris et l'écrasa.

— J'aime les bonnes vieilles méthodes ! annonça Alex.

Puis Trevor sentit qu'on lui glissait dans la main la Pierre de Minuit.

— C'est ça que tu cherches ? demanda Maria.

DuPris devait être occupé à réparer sa gorge, car la pression qu'il exerçait sur Trevor diminua.

Concentre-toi ! s'ordonna le frère de Michael.

Il appuya la Pierre de Minuit sur la poitrine de DuPris… et laissa son pouvoir exploser.

Quand Trevor revint à lui, il s'appuya tant bien que mal sur un coude, puis s'assit.

— Où est DuPris ? demanda-t-il, encore sonné. Que s'est-il passé ?

Il découvrit avec stupeur que Liz, Maria et Alex étaient couverts de sang, de matière grise, de lambeaux de chair et de fragments d'os.

Il se leva en chancelant.

— Que s'est-il *passé* ? DuPris s'est téléporté ?

Trevor fit un pas vers ses amis ; son pied glissa sur quelque chose de spongieux. Il baissa les yeux sur… un morceau d'intestin.

— Je crois que c'est DuPris…, souffla Maria d'une voix blanche.

— Un sacrifice nécessaire, grommela Trevor.

Contrairement à Adam…

… qui ne menaçait ni DuPris ni la rébellion.

Le renégat l'avait tué par plaisir.

Trevor releva la tête, sondant le hangar. Agenouillée, Liz berçait Adam dans ses bras, ses longs cheveux dissimulant leurs visages.

— Dois-je donner la Pierre de Minuit à Isabel ? demanda Alex en s'essuyant le visage.

Trevor se tourna vers la jeune fille, toujours étendue au même endroit. Son frère l'avait rejointe. Tous deux portaient le masque d'une indicible douleur.

Non loin de là, Michael était prostré sur le sol.

— Michael ?

— Je vais bien... (Il se redressa, les jambes flageolantes.) J'ai eu le souffle coupé, c'est tout...

— Merci pour ton aide, dit Trevor.

Il n'avait pas perdu son frère. Une excellente chose !

Il tomba à genoux près d'Isabel, puis plaça dans sa main la Pierre de Minuit couverte de sang.

— Vas-y. Si tu dois prouver ta puissance, c'est le moment !

Michael regardait Isabel comme il avait observé l'éclosion d'une fleur en accéléré.

Les lèvres gercées de la jeune fille se régénérèrent. Ses joues retrouvèrent de belles couleurs. Sa respiration redevint régulière.

Ouvrant les yeux, elle sourit.

— Tu as réussi…, souffla-t-il.

— En doutais-tu ? répondit Isabel, retrouvant presque son attitude hautaine coutumière.

Maria et Alex s'agenouillèrent près d'elle et l'étreignirent.

— Ravie de te revoir ! cria Maria.

— Moi aussi ! renchérit Alex en l'embrassant sur le front.

— Où est Max ? demanda Isabel.

Tous les regards se tournèrent vers lui. Roulé en boule. Il ne bougeait plus.

— Oh, mon Dieu ! cria Isabel.

Elle voulut se lever, mais Michael l'en empêcha.

— Peux-tu faire quelque chose pour lui, Trevor ? demanda-t-il.

— Je vais bien, assura Max.

Isabel fut si soulagée qu'elle éclata en sanglots.

Max regarda sa sœur, puis tous les autres.

Il veut s'assurer que nous allons bien, comprit Michael. *C'est tout à fait lui, ça…*

— Faut-il que je le soigne ? demanda Max en se relevant.

— Il est mort, répondit Michael, le cœur lourd. DuPris l'a tué.

Alors qu'il prononçait ces mots, il s'aperçut

qu'il n'arrivait pas à y croire… Adam et lui ne feraient plus griller de pain. Ils ne regarderaient plus le câble, la nuit, pendant que les humains dormaient.

Adam ne lui poserait plus de questions idiotes sur les baisers…

Des larmes lui montèrent aux yeux.

— Et DuPris ? demanda Max.

— Tu en es *couvert*, comme nous tous…, répondit Alex.

Max pâlit.

— Savez-vous ce que ça signifie ? demanda Maria. Nous n'avons plus d'ennemi. Valenti est mort. DuPris aussi. Tout est fini.

— Il reste la conscience collective, rappela Michael.

Max avait-il enfin compris que Trevor avait raison ?

Tous les regards étaient rivés sur lui. Il les soutint.

— Isabel a traversé son *akino*, dit-il d'une voix atone. Vous aviez raison, les gars ! Se connecter n'est pas une question de vie ou de mort… Tout ce que j'ai cru au sujet de la conscience collective était un tissu de mensonges. Le pire, c'est que j'ai failli forcer ma sœur à commettre la même erreur que moi.

Michael nota qu'il ne mentionnait pas la manière dont la conscience collective l'avait torturé.

Typique de saint Max…

Une seule chose lui importait, en toutes circonstances : ce qui arrivait aux autres.

— Je veux t'aider à anéantir la conscience collective, Trevor, dit Michael.

Des éclairs de joie zébrèrent l'aura de son frère.

— Moi aussi ! dirent en chœur Alex et Maria.

— Je suis des vôtres, ajouta Isabel.

Michael jeta un coup d'œil à Liz, mais elle n'était pas en mesure de parler. Ni d'entendre. Elle serrait Adam contre elle, le visage enfoui dans son cou.

— Max ? demanda-t-il à son meilleur ami.

— Je suis avec vous ! On ne s'en prend pas à ma sœur impunément ! (Il regarda Trevor.) Dis-moi ce que tu veux que je…

Sa bouche s'entrouvrit. Ses yeux se voilèrent. Puis ses genoux se dérobèrent et il s'affaissa, comme une marionnette dont on coupe les fils. Michael le rattrapa par les épaules avant que sa tête ne heurte le sol en ciment.

— Max ! cria-t-il. *Max !*

Pas de réponse.

Il le gifla.

Pas de réaction.

— J'ai déjà vu ça, dit Trevor. Il a été *absorbé* par la conscience collective. Il ne pourra pas…

Max leva la tête et croisa le regard de Michael.

— Aide… moi… Enfer… mé…

Achevé d'imprimer sur les presses de

BUSSIÈRE

GROUPE CPI

à Saint-Amand-Montrond (Cher)
en juin 2002

FLEUVE NOIR
12, avenue d'Italie
75627 Paris Cedex 13
Tél. : 01-44-16-05-00

— N° d'imp. : 23224. —
Dépôt légal : juillet 2002.

Imprimé en France